Nella Beinen

Verletzte Liebe

Das Buch

Wie reagiert man, wenn der Ex nach 3 Jahren anruft und darum bittet, aus dem Krankenhaus abgeholt zu werden?

Thores letzter Ausweg ist Nils. Nils, der ihn vor 3 Jahren ohne Nennung von Gründen aus der gemeinsamen Wohnung geworfen hat. Tatsächlich sagt er zu, nur um im Krankenhaus festzustellen, dass es mit Abholen allein nicht getan ist.

So kommt es, dass Nils und Thore die Ostertage miteinander verbringen. Doch Nils ist nicht bereit, mehr als das Nötigste zu unternehmen oder gar über die Vergangenheit zu sprechen. Auch wenn Thore es ihm ganz und gar nicht leicht macht, sein Herz weiter zu verschließen.

Die Autorin

Nella Beinen stammt aus Norddeutschland und hat ein bewegtes Leben hinter sich, das sie über Essen, Spiekeroog und Bonn an den Niederrhein geführt hat.

Dort hat sie begonnen den Geschichten in ihrem Kopf Leben einzuhauchen.

Ihre Protagonisten stoßen an ihre Grenzen, lernen Vertrauen zu fassen, streiten und versöhnen sich wieder.

Nella Beinen

Verletzte Liebe

ROMAN

Bibliografische Information der Deutschen Nationalbibliothek: Die
Deutsche Nationalbibliothek verzeichnet diese Publikation in der
Deutschen Nationalbibliografie. Detaillierte bibliografische Daten sind
im Internet unter dnb.dnb.de abrufbar

Lektorat: Daniela Seiler www.textkabinettchen.de

Korrektorat: Daniela Seiler www.textkabinettchen.de

Cover: A+K Buchcover www.akbuchcover.de

Illustrationen: ljsphotography@depositphotos.com
Konstanttin@depositphotos.com Ground
Picture@shutterstock.com openclipart-vectors auf Pixabay.com
Viktoriia Ablohina auf iStockphoto.com Gordon Johnson auf
Pixabay.com

Buchsatz: Nella Beinen
gesetzt aus der EB Garamond
erstellt mit *SPBuchsatz*

TWENTYSIX Eine Marke der Books on Demand GmbH

Herstellung und Verlag: BoD - Books on Demand, Norderstedt

ISBN: 978-3-740-71423-9

Kapitel 1

Gründonnerstag

Der Sekundenzeiger der Uhr über der Bürotür tickte vor sich hin und klang wie Musik in Nils' Ohren. Der Minutenzeiger schob sich auf den Strich der vierundzwanzig, während der Stundenzeiger zwischen der vier und der fünf verharrte, als Nils auf die Uhr blickte.

Wenige Minuten bis zu seinem Feierabend und vier freien Tagen, in denen er nur zu Hause hocken durfte. Vorfreude strömte in ihm hinauf wie ein Springbrunnen, der im Bauch beginnt und unbedingt an die Oberfläche gelangen möchte. Ein breites Grinsen bildete sich auf seinen Lippen und er hätte jubeln können. Einfach nur er alleine zu Hause.

Keine Treffen mit seinen Freunden oder der Familie. Er liebte die Ostertage, wenn alle anderweitig beschäftigt waren und er sich treiben lassen konnte. Etwas, dass er erst in den letzten Jahren zu schätzen gelernt hatte. Früher hatte er jede freie Minute verplant, um allen gerecht zu werden.

Seine Eltern hatten sich daran gewöhnt, ihn an den Ostertagen nicht zu stören oder ihn zu bitten, vorbeizukommen.

Nils saß an seinem Schreibtisch gegenüber der Tür und trank

den letzten Schluck Wasser direkt aus der Flasche. Hinter ihm schien die Nachmittagssonne durchs Fenster und wärmte seinen Nacken. Übermütig drehte er sich in seinem Stuhl einmal herum, überblickte sein kleines Büro, dass er sich mit keinem teilen musste.

Außer seinem Schreibtisch stand nur ein Schrank an der Seitenwand. Schon seit Ewigkeiten wollte er sich Bilder von der Lüneburger Heide an die kahle weiße Wand gegenüber dem Schrank hängen. Von seinen Ausflügen an den Wochenenden hatte er viele schöne eigene. Bisher hatte er das nicht in Angriff genommen. Vielleicht über die Ostertage?

In Gedanken spielte Nils durch, was er außerdem machen könnte. Ein wenig im Garten arbeiten oder lesen? Er könnte neue Rezepte ausprobieren. Eingekauft hatte er vor zwei Tagen, um dem Osterstress aus dem Weg zu gehen.

Das Klopfen am Türrahmen riss ihn aus seinen Überlegungen und er sah auf. Der Kollege Jannes Hansen von gegenüber stand grinsend in der Tür.

»Wo warst du denn? Schon im Feierabend?«, fragte Jannes und Nils gestand sich wieder einmal ein, dass der Kerl absolut seinen Geschmack traf. Blondes, kurzes Haar, dazu die enge Jeans mit dem grünen schlichten Hemd. Jedes Mal, wenn er Jannes sah, schwankte er zwischen: Gott sei Dank ist der Kerl hetero und Schade, der Kerl ist hetero.

Wenn er ehrlich zu sich war, machte das auch keinen Unterschied. Angesprochen hätte er ihn nicht. Wahrscheinlich. So genau wusste er es nicht.

»Jupps. Nur noch vier Minuten.«

»Na dann bis Dienstag. Schöne Feiertage.«

»Danke, dir auch.«

Jannes nickte ihm zu und verschwand.

Nils begann seinen Schreibtisch aufzuräumen. Legte die Stifte in den Halter zurück, stellte sein Glas und die Tasse zusammen, damit er sie in der Kaffeeküche in die Spülmaschine stellen konnte. Die leere Wasserflasche packte er zum Leergut in seinem Schrank. Das könnte er mal wieder wegbringen, schoss es ihm durch den Kopf. Die Akten legte er in eine Schublade des Schreibtischs, seinen Block mit Notizen obenauf.

Gerade als er aufstehen und in die Kaffeeküche gehen wollte, klingelte sein Telefon. Überlaut schrillte es in seinen Ohren, so leise war es mittlerweile auf dem Flur und in seinem Büro geworden. Anhand der Nummer erkannte er die Telefonzentrale und nahm das Gespräch seufzend entgegen. Bitte keinen Anrufer in letzter Minute, der eine Frage zu seiner Steuererklärung hatte, betete er stumm.

»Hellmich«, meldete er sich und zwang sich, freundlich zu klingen. Noch war er nicht im Feierabend und die Person in der Vermittlung konnte nichts dafür, dass er nicht schneller aus dem Büro getürmt war.

»Sina hier, sorry, dass ich kurz vor Schluss störe.« Ihre Stimme klang mitleidig und Nils nahm es ihr ab. »Aber ich habe einen Herrn Lappe am Telefon, der unbedingt mit dir sprechen und mir nicht sagen will, worum es geht.«

Nils erstarrte bei dem Namen und sein Puls stieg rapide an. Sein Magen zog sich schmerzhaft zusammen, aber ihm wurde nicht sofort schlecht bei dem Namen. Ein Fortschritt im Gegensatz zur Vergangenheit. Seine Lippen formten das Wort: Lappe. Konnte das etwa ... Er dachte nicht zu Ende. Zwang sich zur Ruhe. Er irrte sich bestimmt. Sie hatten seit drei Jahren keinen Kontakt mehr. Seit er ... Nicht weiterdenken, verbot er sich, als die Tausend gekitteten Risse in seinem Herzen drohten erneut aufzubrechen.

»Nils? Bist du noch da?«

Er schüttelte den Kopf, um ihn frei zu bekommen, und räusperte sich.

»Stell ihn durch.« Ein Knacken in der Leitung und er brauchte ein paar Sekunden, bis er so weit war, sich melden zu können.

»Hellmich.« Überraschenderweise klang seine Stimme fest, obwohl er damit gerechnet hatte, dass sie ihm versagte.

»Gott sei Dank erwische ich dich«, hörte er eine vertraute Stimme am anderen Ende der Leitung und Nils schluckte. Er sank mit dem Kopf auf die Schreibtischplatte. Sein Herz schien stehen zu bleiben, gleichzeitig wurde ihm heiß und kalt. Mit einer Hand zog er den Saum seines Shirts vom Hals weg, weil er glaubte zu ersticken.

»Nils?«

»Was willst du?«, brachte Nils schroff hervor und richtete sich auf.

»Es tut mir leid, wenn ich dich kontaktiere, aber du bist meine letzte Hoffnung.«

Ach ja? Und was war mit deinem Liebhaber? Oder deinen Freunden?

»Was willst du?«, wiederholte Nils mit eiskalter Stimme, schluckte seine Fragen hinunter.

»Könntest du mich aus dem Krankenhaus abholen? Wenn keiner kommt, lassen die mich nicht gehen.«

Thore war im Krankenhaus? Abrupt schraubte sich Nils' Puls weiter in die Höhe. Natürlich mache ich mir jetzt Sorgen um das Arschloch, beschimpfte er sich.

»Warum bist du im Krankenhaus?«, fragte Nils ruppig und

kniff sofort die Lippen zusammen, wollte keine Neugierde zeigen und dann rutschte ihm die Frage raus.

Er richtete sich auf, schlug sich mit der Faust sachte gegen die Stirn und blickte zur Tür. Eine Kollegin war im Gang stehen geblieben und winkte ihm zum Abschied mit einem mitfühlenden Blick zu. Er nickte ihr zu und bereute, nicht doch um vier Feierabend gemacht zu haben. Überstunden hatte er genug. Sie formte mit den Lippen lautlos Frohe Ostern und er erwiderte dasselbe. Dann ging sie weiter.

»Ich hatte vor einigen Wochen einen Unfall, aber die lassen mich heute nach Hause, wenn sichergestellt ist, dass ich nicht alleine bin.«

Unfall? Bei Nils war das Wort hängen geblieben und er malte sich aus wie Thore in weißen Verbänden und mit Gips verpackt im Krankenhausbett lag.

»Was für ein Unfall?«, fragte Nils und schlug sich erneut gegen die Stirn. Er sollte sich nicht dafür interessieren. Es ging ihn nichts mehr an.

»Nils, bitte, können wir das bitte später klären? Kannst du mich abholen oder nicht?« Thores Stimme klang ruhig, hatte einen kaum wahrnehmbaren genervten Unterton angenommen. Hallelujah, der wollte aber unbedingt nach Hause. Sehr ungewöhnlich für ihn, sich das anmerken zu lassen.

»Was ist mit deiner Familie oder deinen Freunden?« Er holte tief Luft, bevor er das Nächste aussprach. »Oder mit deinem Freund?« Seine Hände schwitzten und er wischte sie sich an der Hose ab.

»Meine Familie lebt in Süddeutschland, wie du sicherlich noch weißt und meine Freunde sind seit drei Tagen auf Gran Canaria und machen Urlaub.« Nun klang Thore wieder wie der beherrschte Mann, den Nils kannte. Eine Antwort auf seine drängendste Frage hatte er noch nicht. Sein Herzschlag dröhnte in seinen Ohren und er hatte Angst, etwas überhört zu haben, als Thore endlich weitersprach. »Ich habe keinen Freund.« Es wurde still am anderen Ende und Nils hörte Thores Atem durch die Leitung. Für einen Sekundenbruchteil erlaubte Nils sich die aufsteigende Schadenfreude, dass Thore Single war.

»Nils, bitte. Ich weiß, es ist nicht ideal und es ist ewig her, aber könntest du mich bitte abholen?«

Nils schloss die Augen und lehnte sich in seinem Schreibtischstuhl zurück. Sein Puls raste, sein Magen war ein einziger Klumpen und wog schwer. Beinahe hätte er mit den Zähnen geknirscht.

Nein, sieh zu, wie du zurechtkommst. Wir helfen uns nicht mehr aus der Klemme. Von wegen nicht ideal. Es ist eine einzige Frechheit, dass du dir erlaubst, dich an mich zu wenden. Das hast du Arschgeige vor Jahren verspielt.

»Okay«, hörte sich Nils sagen und riss die Augen auf. Er war sich sicher, das würde er bitter bereuen.

»Danke«, sagte Thore erleichtert und Nils hätte schwören können, dass der Sack am anderen Ende lächelte.

Nils legte auf. In welchem Krankenhaus Thore lag, brauchte er nicht zu fragen. In dieser Stadt mit seinen gerade mal fünfundzwanzigtausend Einwohnern gab es nur das Kreiskrankenhaus. Nils blieb sitzen und schüttelte den Kopf. Was hatte er sich nur dabei gedacht?

Thore. So sehr es Nils missfiel, aber es hatte gutgetan, Thores tiefe melodische Stimme zu hören. Er hatte sie so vermisst in den letzten Jahren. Nur hatte dieser Anruf ihm mehr als deutlich gezeigt, dass er noch lange nicht über Thore hinweg war und ihn abzuholen half nicht. Er hätte nicht zusagen sollen. Wie blöd konnte man sein?

Nils: Ja!

»Elendiger Mistkerl«, rief er seinem Monitor zu. Da hatte Thore es geschafft, ihn rumzukriegen und das nur, weil er seine Stimme gehört hatte. »Argh!«

Ruckartig setzte er sich auf. Er konnte Thore nicht abholen, da er mit dem Fahrrad zur Arbeit gekommen war. Er musste wohl oder übel ein Taxi rufen und ihm wurde heiß vor Wut. Mit der Faust hieb er auf die Schreibtischplatte ein, um die überschäumende Energie loszuwerden. Das konnte der ihm bezahlen. Grimmig verzog er sein Gesicht.

Schnaubend stand Nils auf, brachte Tasse und Glas in die Kaffeeküche und kehrte in sein Büro zurück. Er zog sich seine Jacke an und nahm seine Umhängetasche, deren Leder glänzte und an einigen Stellen dunkel angelaufen war. Aber er mochte sich nicht von ihr trennen. Ausgerechnet Thore hatte sie ihm zu ihrem ersten gemeinsamen Weihnachtsfest vor neun Jahren geschenkt. Aber sie war so unglaublich praktisch und er liebte diese Tasche. Hatte keine Vergleichbare gefunden. Zumindest rechtfertigte er sich damit.

Beim Verlassen des Finanzamtes hielt er an den offenen Türen der noch anwesenden Kollegen und wünschte ihnen schöne Ostertage.

Kapitel 2

Thore blickte sich um. Er stand gestützt auf seinen Krücken neben diesem unsäglichen Krankenhausbett und war heilfroh, wenn er nach fast sechs Wochen diesem Zimmer hoffentlich für immer entfliehen konnte. Den Blick aus dem Fenster, der ihm nichts außer Bäume und Himmel offenbarte, vermisste er schon jetzt nicht. Ebenso das frühe morgendliche Stören der Krankenschwestern und Pfleger, genauso wie der Geruch nach Reinigungs- und Desinfektionsmitteln.

Neben seinem Bett stand die junge Auszubildende Linda, die hustete und seine Aufmerksamkeit wieder auf den Raum richtete. Sie packte seine Klamotten, wozu er zurzeit nicht imstande war, was ihn ärgerte. Eine Falte bildete sich zwischen ihren Augen, während sie sich umsah, seine Jogginghose über einem Stuhl entdeckte und holte.

Gott sei Dank hatte er ein Einzelzimmer bekommen und musste keine anderen Patienten ertragen. Dennoch kamen die Wände mit jedem Tag näher auf ihn zu und erdrückten ihn. Dazu dieses strahlende Weiß. Zwischendurch hatte er überlegt, mit seinem Kaffee weitspucken zu veranstalten, um ihnen ein paar Farbkleckser zu verpassen.

Er ärgerte sich, dass er es zum Highsider hatte kommen lassen und nicht eher vom Gas gegangen war in der Kurve. Den Sturz über das Lenkrad und das meterweite Rutschen über die Straße würde er noch einige Wochen bereuen. Zu allem Überfluss war die Maschine beim Fallen halb auf ihm gelandet.

Nicht nur, dass er deswegen Schürfwunden und leichte Verbrennungen trotz Schutzkleidung davon getragen hatte, nein, er hatte sich eine schwere Rippenprellung geholt und das Schienbein gebrochen. Immerhin ein glatter Bruch.

»Glück im Unglück«, hatte seine Mutter kommentiert, als sie einige Tage nach dem Unfall mit sorgenvoller Miene vor ihm stand und mit Mühe die Tränen zurückhalten konnte. Die Vorwürfe, warum er mit der Maschine unterwegs war, blieben immerhin dieses Mal aus.

»Es ist alles gepackt«, sagte Linda nach einem letzten Rundgang durch das Zimmer und zog den Reißverschluss seiner großen Reisetasche zu.

»Gut. Dann nichts wie raus hier.« Thore drehte sich um.

»Sind Sie sich wirklich sicher, schon nach Hause zu wollen? Es wäre besser, wenn Sie noch mindestens eine Woche hierbleiben«, wiederholte Linda die Worte des Arztes, der mit einer langen Tirade, weshalb Thore bleiben sollte, die Entlassungspapiere vor einer Stunde unterschrieben hatte.

»Ich halte es keinen Tag länger mehr aus.« Thore humpelte mit den Krücken bis zur Tür. Das Gewicht seines schweren Gipses, der vom Fuß bis übers Knie reichte und ihm jedwede Bewegungsfreiheit nahm, hatte er wieder unterschätzt. Das kam heraus, wenn die Ärzte ihm so wenig Bewegung gönnten, damit sein Körper sich erholen konnte. Beim Humpeln spürte er schmerzhaft seine Rippen. Es wurde zwar langsam besser, aber war weit entfernt von gut.

»Ich habe Ihnen den Medikamentenzettel und das Schreiben an Ihren Hausarzt obenauf gelegt. Sie kommen bis Osterdienstag mit den Tabletten aus, aber dann müssen Sie bei Ihrem Hausarzt neue Rezepte holen und die sofort einlösen.« Linda öffnete die Zimmertür und hielt sie für Thore offen.

»Ja, ich weiß. Hat Doktor Perler mir bereits alles erklärt«, sagte er gereizt. Er wollte Linda nicht angehen, sie konnte nichts für seinen Gemütszustand oder seinen Unfall, aber die letzten Wochen hatten ihn mürbe gemacht. Jeden Morgen wurde er früh geweckt, die ständigen Schmerzen und das allerschlimmste, dass er sich nicht bewegen konnte.

Normalerweise suchte er mindestens dreimal in der Woche das Fitnessstudio auf und gab donnerstags einen Aikido-Kurs. Nun war er für längere Zeit aus dem Verkehr gezogen. Es war nicht mal der Sport, der ihm fehlte. Vor allem die Interaktion mit den Kursteilnehmern vermisste er. Dort konnte er abschalten, beobachten, wie sie besser wurden.

Es war eine tolle Truppe und sie hatten ihn alle im Krankenhaus besucht. Ihm versichert, dass sie da sein würden, wenn er wiederkam. Egal, wie lange es dauerte. Das hatte ihn aufgebaut und seine Stimmung für ein paar Stunden gehoben. Bis ihm wieder eingefallen war, dass er nicht wusste, wann das sein würde und das schwarze Loch erneut nach ihm gegriffen hatte, in dem er zu versinken drohte. Er musste aus diesem Gebäude verschwinden, ansonsten verlor er jedwede Hoffnung, je gesund zu werden.

Linda begleitete ihn bis in die Empfangshalle und half ihm beim Setzen, was er mit stoischer Miene ertrug. Bloß nicht zu erkennen geben, wie es ihm den Brustkorb schier auseinanderriss, ansonsten kam sie auf die Idee, den Arzt zu rufen und er würde ihn dabehalten. Die Tasche stellte sie neben die Bank und setzte sich auf den Platz neben ihn.

»Was machen Sie?«, fragte Thore unsicher und zog die Augenbrauen zusammen.

»Natürlich mit Ihnen warten, bis Sie abgeholt werden. Glauben Sie im Ernst, wir gehen nicht sicher, dass Sie uns auch nicht anlügen?« Sie grinste. »Ich traue Ihnen tatsächlich zu, dass Sie hier fröhlich rausspazieren, sich in ein Taxi setzen und nach Hause fahren, sobald ich Ihnen den Rücken zuwende.«

Thore schnaubte, sagte nichts weiter. Als ob er dazu in der Lage war. Wenn er ehrlich war, fragte er sich, wie er zu Hause zurechtkam. Aufstehen und hinsetzen gehörten zurzeit nicht zu seinen Stärken. Geschweige denn Hinlegen. Aber irgendwie schaffte er es schon, wenn er zu Hause war. Nur ein paar Tage, dann waren seine Freunde zurück aus dem Urlaub und einer von ihnen würde sich garantiert um ihn kümmern.

Angespannt richtete er seinen Blick auf die Eingangstür und schob die Gedanken beiseite. Seine Nerven waren gespannt wie ein Flitzebogen und das Klappern der Stricknadeln der Dame am anderen Ende der Bank brachte sie schier zum Zerreißen. Er versuchte, es zu ignorieren. Immerhin war die restliche Halle leer und ruhig, wie Thore erstaunt feststellte. Hin und wieder eilten Angestellte mit quietschenden Sohlen hindurch, Besucher verließen es und an der Information klingelte das Telefon, das eine Dame bediente. Aber bis auf Gemurmel drang nichts von den Gesprächen zu ihm.

Seit fünfzehn Minuten saßen Thore und Linda auf den harten, unbequemen Stühlen mit der Plastikschale als Sitzfläche, deren Enden sich in seine Oberschenkel drückten. Er rutschte ständig hin und her, aber das war nicht gut. Dabei zog ihm der Schmerz durch den Brustkorb und einmal stöhnte er unterdrückt auf, als er sich zu viel bewegte.

»Und Sie werden ganz sicher gleich abgeholt?«

Thore fing ihren skeptischen Blick auf und schloss die Augen. Er atmete tief durch und schluckte den aufkeimenden Ärger hinunter. Auf ihn, weil ihm nichts anderes übrigblieb, als Nils anzurufen.

Ach hör auf. Das hast du gerne gemacht, gibs zu, flüsterte ihm eine Stimme zu, die er geflissentlich beiseiteschob. Dennoch konnte er nicht leugnen, dass er nicht lange hatte überlegen müssen, Nils zu kontaktieren. Wenn er ehrlich war, freute sich sogar ein kleiner Teil, dass ihm niemand anderes eingefallen war. Jedoch war er nicht bereit, dem nachzugeben.

So ein Blödsinn, niemand anderes eingefallen, höhnte es in seinem Kopf. *Du hättest durchaus deine Eltern anrufen können. Sie wären sofort aus dem Süden hergekommen. Du bist doch froh, dass er deine vermeintlich einzige Alternative ist.*

Energisch verbannte er diese nervige Stimme, die in den letzten Tagen und Wochen lauter geworden war, in die hinterste Ecke seines Gehirns und konzentrierte sich lieber auf seine Wut. Auf Nils war er sauer, weil er noch nicht aufgetaucht war. Dabei war das Finanzamt mit dem Auto kaum zehn Minuten entfernt. Dass er etwas von seinem Ex wollte und deswegen besser geduldig sein sollte, war für Thore in diesem Augenblick eine unwichtige Nebensache. Er wollte einfach aus diesem Gebäude raus und es so schnell nicht wieder betreten.

»Ja, Sie haben doch das Telefonat mitbekommen, oder?« Thore knurrte beinahe.

»Schon gut«, wiegelte Linda ab, stand auf und ging zu ihrer Kollegin an der Information.

Als Thore aufsah, trat eine vertraute Gestalt durch den Windfang der Eingangshalle. Ein Lächeln breitete sich auf seinen

Lippen aus, sein Ärger war verflogen. Wie immer, wenn er Nils sah mit seinen ordentlich frisierten kurzen, schwarzen Haaren. Diese rehbraunen Augen, die ihn jedes Mal warm angesehen hatten. Und verdammt, die Stoffhose, die er heute zu seinem schlichten blauen Shirt unter der offenen Jacke trug, stand ihm ausgenommen gut.

Wärme breitete sich in Thores Bauch aus und für einige Sekunden waren seine Schmerzen vergessen. Dabei sollte er wütend auf Nils sein. Er hatte ihn ohne Gründe zu nennen vor die Tür gesetzt und seither jeden Kontakt abgeblockt. Thore ballte die eine Hand zur Faust. Jahrelang hatte er Nils' Eifersucht auf jeden Mann ertragen, der ihn angesehen oder zu dem Thore vielleichten einen zu langen Blick riskiert hatte. Von Birk wollte er gar nicht erst anfangen.

Thore hatte Glück, heute beim Finanzamt durchgekommen zu sein, denn normalerweise konnte er mit jedem beliebigen Bearbeiter dort sprechen, nur nicht mit Nils. Den hatten seine Kollegen vor ihm abgeschirmt. Ob sie Bescheid wussten? Und wie kam es, dass er heute durchgestellt worden war? Erneut fragte er sich, ob die Dame am Telefon jemand Neues war und nicht wusste, dass er eine Persona non grata für Nils war.

Thore griff nach seinen Krücken, wollte sich erheben, aber alleine war das kaum machbar aus diesem niedrigen Stuhl. Linda schien es bemerkt zu haben, denn sie eilte auf ihn zu.

»Langsam, Herr Lappe.« Sie griff ihm unter einen Arm und half ihm, sich hochzustemmen. Mit zusammengekniffenen Lippen ertrug er es und schämte sich, dass Nils mitansehen musste, wie hilflos er war.

Als er stand, trat Nils vor ihn. Er hatte eine unergründliche Miene aufgesetzt und Kälte lag in seinen Augen. Langsam fiel

Thore wieder ein, dass Nils ihn vor drei Jahren so angesehen hatte, als er ihn rausgeworfen hatte.

»Thore.«

Wow, sogar seine Stimme spuckte Eiswürfel aus und Thore lief es kalt den Rücken hinab. »Nils.«

»Sie sind Nils?«, platzte Linda heraus und Nils als auch Thore richteten ihre Blicke auf sie. Sie schlug sich die Hände vor den Mund. »Entschuldigung, das wollte ich nicht.«

»Woher wissen Sie von Nils? Ich kann mich nicht entsinnen, von ihm gesprochen zu haben.«

Linda lächelte ertappt und ihr Gesicht lief rot an. »Doch, in Ihren ersten Tagen, als wir Sie mit Medikamenten ruhiggestellt haben, damit Sie sich nicht so viel bewegen.«

Thore riss die Augen auf. Er konnte sich an die ersten Tage nach dem Unfall kaum erinnern. Sie waren eine verschwommene Aneinanderreihung von Gesichtern, die vor ihm aufgetaucht waren und den Mund bewegten. Nichts war bei ihm angekommen. Seine Mutter hatte ihm gesagt, dass er fast fünf Tage so zugebracht hatte.

»Was habe ich denn gesagt?« Unsicher warf er Nils einen Blick zu, konnte ihn aber schlecht bitten zu gehen, damit er es nicht mitbekam. Nichtsdestotrotz war er zu neugierig.

»Genau, was hat er über mich erzählt?« Nils Tonfall klang spöttisch und am liebsten hätte Thore ihn an Ort und Stelle gefragt, was er angestellt hatte. Aber er wusste, dass Nils nicht einen Ton von sich geben würde, bis er davon anfing. Es brachte nichts, hier eine Szene zu veranstalten.

Linda zuckte zusammen und sah Nils unsicher an, bevor sie den Blick zu Thore schweifen ließ. Der wiederum forderte sie mit einem Kopfnicken auf zu reden.

»Sie wollten sich unbedingt von Nils verabschieden, bevor Sie sterben«, murmelte sie und man sah ihr an, wie unwohl sie sich fühlte. »Und im Falle Ihres Todes sollten wir ihn benachrichtigen, da er weiß, wie Sie beerdigt werden wollen.«

»Das ist ein Scherz, oder?« Thore schüttelte den Kopf.

»Leider nicht. Sie haben sich das sogar von Ihrer Mutter jedes Mal bestätigen lassen.«

Thore wurde heiß und er riskierte einen Blick zu Nils, der weiterhin keine Miene verzog und er seinem Gesicht nicht ablesen konnte, was er dachte. Seine Mutter hatte nichts gesagt. Sicherlich wollte sie ihn beschützen und keine alten Wunden aufreißen, doch es nagte an ihm und es fühlte sich wie Verrat an. Sie mochte Nils aus ihrem Gedächtnis gestrichen haben, selbst die Familienfotos mit Nils waren in die hinterletzte Ecke verbannt worden, doch er offensichtlich nicht.

»Ich bin mir nicht sicher, ob ich der richtige Ansprechpartner gewesen wäre, aber gut zu wissen, dass sich deine Bestattungswünsche von Verbrennung und der Verteilung der Asche im Meer nicht geändert haben.«

Bei Nils' Worten zuckte Thore mit den Schultern und gab sich betont lässig.

»Warum sollte es sich auch?«

Linda räusperte sich und sah zu Nils. »Also, Sie werden sich in den nächsten Tagen um Herrn Lappe kümmern? Wir haben alles Wichtige aufgeschrieben und obenauf in die Tasche gelegt.«

Nils kniff seine Augen zusammen und es funkelte gefährlich darin. »Ich kümmere mich um dich?« Für einen Augenblick hatte Thore Angst, Nils würde sich auf dem Absatz umdrehen und gehen. Sein Herzschlag beschleunigte sich.

Bitte, sag nichts Falsches, flehte er Nils stumm an und hoffte, dass die Gedankenübertragung funktionierte. Den Teil hatte er extra ausgelassen. Er wollte nur nach Hause. Irgendwie würde er schon zurechtkommen. Ganz sicher. Seine Hände, die sich um den Griff der Krücke verkrampften, schwitzten.

»Ansonsten hätten wir Herrn Lappe nicht entlassen. Er ist nicht in der Lage, sich alleine um sich zu kümmern. Liegt hier etwa ein Missverständnis vor?« Erneut sah Linda unsicher zwischen den beiden hin und her.

»Nein, alles gut.« Thore schloss die Augen und atmete tief durch.

»Natürlich kümmere ich mich um Herrn Lappe.« Aus Nils Stimme troff der Hohn und er machte keinen Hehl daraus, was er von der Vorstellung hielt, sich Thore auch nur eine Stunde anzunehmen, und Thore wäre am liebsten im Boden versunken. Vielleicht war es doch keine so gute Idee gewesen, Nils anzurufen. Andererseits hielt er es nicht länger im Krankenhaus aus. Er musste raus hier.

»Ist das deine Tasche?«, fragte Nils schroff und hob sie vom Boden auf. Thore nickte.

»Na, wenn alles geklärt ist, wünsche ich Ihnen weiterhin gute Besserung.«

»Danke Linda. Und viel Glück für Ihre Prüfung.«

»Danke Ihnen. Ich gebe mein Bestes.« Sie lächelte ihn an und eilte zum Treppenhaus.

»Komm mit.« Nils drehte sich auf dem Absatz um und ging zum Ausgang. Thore versuchte, rasch hinterherzukommen, doch das war keine gute Idee. Die Krücken bohrten sich in seine Arme und bei jeder hektischen Bewegung zerriss es ihm den Brustkorb vor Schmerzen. Also stakte er auf seinen Krücken langsam hinterher, während er Nils durch die Schiebetüren verschwinden sah.

Als er draußen war und die frische Luft einatmete, die Sonne sah, die sich senkte und die Vögel zwitschern hörte, wurde es ihm leichter ums Herz. Er hatte sein persönliches Gefängnis hinter sich gelassen. Wie gut die Idee mit Nils war, würde sich zeigen, aber erst mal atmete er tief ein. Hörte den Vögeln zu und genoss den lauen Wind um seine Nase.

Thore entdeckte Nils am Straßenrand neben einem Taxi. Er hielt die Beifahrertür offen, sah ihm genervt entgegen und wartete auf ihn.

»Warum fahren wir mit dem Taxi? Hast du kein Auto mehr?«, rutschte es Thore heraus, als er ihn erreichte.

»Doch, aber anscheinend hat Monsieur mal wieder nicht nach und nur an sich gedacht. Ansonsten wüsste er ...«

»Dass du mit dem Fahrrad fährst, außer an den Tagen, wenn du dich abends um deine Oma kümmerst.« Thore verdrehte die Augen. Es war ihm entfallen vor dem Anruf, so dringend wollte er nach Hause.

»Dreh dich mit dem Rücken zum Sitz. Ich helfe dir, dich hinzusetzen und dann drehen wir dich auf dem Sitz.« Nils' abweisende Haltung und kühle Stimme waren eine klare Botschaft an Thore, was er von dieser ganzen Situation hielt.

Thore tat wie ihm geheißen und sie verfrachteten ihn auf den Beifahrersitz. Um sich nicht anmerken zu lassen, wie weh ihm das tat, biss er die Zähne zusammen. So fest, dass der Druck bestimmt dafür sorgte, dass seine Zähne Risse bekamen.

»Dorfstraße 85 bitte«, gab Nils dem Fahrer die Adresse und stieg hinten ein.

Thore stutzte. Es war nicht Thores Zuhause und auch nicht

die Adresse ihrer ehemaligen gemeinsamen Wohnung. Wusste Nils, wo er wohnte? Er hatte ihm zwar damals seine neue Anschrift mitgeteilt, aber das bedeutete nichts.

»Äh, nein, ich wohne in der Beginenstraße.«

»Wir fahren bestimmt nicht zu dir. Du hast doch gehört, ich kümmere mich um dich.« Wieder dieser ironische Unterton, der gleichzeitig wie ein Schwert zu den Schmerzen in der Brust durch Thore fuhr. »Das mache ich bestimmt nicht bei dir, sondern bei mir.« Nils wandte sich erneut dem Fahrer zu. »Ich zahle, Sie fahren uns dorthin, wohin ich will. Das ist die Dorfstraße 85.«

»In Ordnung.« Der grauhaarige Mann fuhr los und ließ sich nicht anmerken, was er von ihrem Disput hielt. Andererseits wusste Thore nicht, was er schon erlebt hatte.

»Du bist umgezogen?«, fragte Thore und ihn überkam Angst, dass Nils zu Hause einen Freund sitzen hatte. Wie kam das wohl an, wenn er den verletzten Ex mitbrachte? Er hätte das besser durchdenken sollen. Am Ende musste er den beiden beim Turteln oder so zusehen. Hockte wieder nur in seinem Zimmer und war in einem neuen Gefängnis gelandet.

»Ja, schon vor einiger Zeit.«

»Hast du ...«, Thore räusperte sich. »Hast du einen Freund?«

»Nein.«

Erleichterung durchflutete Thore, aber er traute sich nicht weiter mit Nils zu reden. Schon gar nicht, wenn der Taxifahrer ihnen zuhörte. Ob der sich fragte, was zwischen ihnen vorgefallen war? Thore blickte aus dem Fenster, hörte der Musik im Radio zu und sah die Einfamilienhäuser oder alten Gehöfte von Jaselsdorf an sich vorbeifliegen. Vor zehn Jahren, als er berufsbedingt in die Lüneburger Heide gezogen war, konnte er sich nicht vorstellen, diese Kleinstadt als Heimat zu bezeichnen. Es war ihm alles zu flach, die Sprache zu Hoch- oder Plattdeutsch. Das Schwäbische hatte ihm gefehlt.

Nun wollte er nirgendwo anders mehr wohnen. Wie die Zeiten sich ändern.

Sie verließen das Stadtinnere und fuhren in einen Stadtteil, der vor dreißig Jahren ein Neubaugebiet gewesen war und im Sprachgebrauch der Einheimischen war es das immer noch, obwohl mittlerweile zwei dazu gekommen waren.

Gespannt wartete er darauf, wo Nils wohnte. Soweit Thore wusste, gab es dort nur Einfamilienhäuser, aber er ließ sich gerne überraschen.

Kapitel 3

Das eisige Schweigen im Taxi legte sich schwer über sie. Die einzigen Geräusche waren das Radio und die ständigen Durchsagen im Taxifunk.

Nils hätte sich ohrfeigen können, wie er auf die Idee gekommen war, Thore mit zu sich zu nehmen. Aber als er das Krankenhaus betreten und gesehen hatte, wie sehr Thore auf Hilfe angewiesen war, hatte er seine Entscheidung getroffen. Klar wurde es ihm erst, als er dem Taxifahrer seine Adresse nannte.

Er verfluchte sich, dass er das Telefonat im Finanzamt entgegengenommen hatte. Aber er musste unbedingt testen, was ein Gespräch mit Thore in ihm auslöste. Nun war ihm mulmig zumute und zugleich war er aufgeregt, wieder mit Thore unter einem Dach zu schlafen.

Thore mit dem Gips und bei dem Versuch, seine Schmerzen hinter einem betont reglosen Gesicht zu verbergen, hatte ihn erschreckt. Er war dünner, als Nils ihn in Erinnerung hatte, trotzdem noch der gut aussehende Kerl mit den dunkelblonden Haaren und diesen verdammten blauen Augen, die einem bis auf den Grund der Seele blicken konnten. Zumindest dachte Nils das immer. Thores Wirkung auf ihn war nicht weniger geworden, trotz der letzten Jahre und hatte sein Herz schneller schlagen lassen.

Sie bogen in Nils' Straße ein. Von hinten konnte Nils erkennen, wie Thore aus dem Beifahrerfenster blickte, konnte aber nicht einschätzen, was er dachte. Als das Taxi hielt, bezahlte Nils den Fahrer und hatte glatt vergessen, dass er Thore zahlen lassen wollte. Stattdessen öffnete er die Beifahrertür und betrachtete Thores neugierigen Gesichtsausdruck.

Nils half Thore aus dem Auto, und obwohl er sich kalt und distanziert gab, sah es in seinem Inneren anders aus, was ihn ärgerte. Nach drei Jahren sollte ihm Thore am Arsch vorbeigehen, aber der Typ ging ihm unter die Haut. Er konnte sehen, wie viel Kraft es Thore kostete, auszusteigen und nicht vor Schmerzen zu wimmern. In seinen Augen schimmerte es und sein verbissener Gesichtsausdruck sprach Bände. Dieses Mal konnte er nicht verbergen, wie sehr ihn die Bewegung schmerzte.

Es tat Nils in der Seele weh, den Mann, den er noch immer liebte, wie ihm heute deutlich vor Augen geführt wurde, so zu sehen. Die Erkenntnis sollte ihn schocken, kam aber nicht so überraschend, wie er dachte, obwohl er sich im letzten Jahr ständig etwas anderes eingeredet hatte.

»Du hast ein eigenes Haus?« Thore humpelte auf seine Krücken darauf zu, sah sich um.

»Einen Bungalow, halb unterkellert und mit Garten.« Nils lief neben Thore her und trug seine Tasche. Wie Thore blickte er sich um und stellte wieder einmal fest, dass er die Wohngegend liebte. Sie lag am Rande von Jaselsdorf, aber war trotzdem nah genug an der Stadt, dass er innerhalb von fünfzehn Minuten bei der Arbeit war.

Hier standen nur Eigenheime mit Garten, erbaut in den frühen 90ern. Zwischen dem Fußgängerweg und der Straße befand sich ein Grünstreifen, auf dem in sorgsam ausgemessenen

Abständen Bäume gepflanzt worden waren, die im Sommer Schatten spendeten.

Natürlich traf das Klischee der ordentlichen Deutschen mit gepflegten Vorgärten zu. Aber Nils mochte das. Im Sommer, wenn jeder dort arbeitete, war die Gartenarbeit nur ein Vorwand, um mit den Nachbarn zu klönen und ein Mauerbierchen zu trinken. Meistens artete es darin aus, dass die Nachbarschaft beisammen stand und die Arbeit liegen blieb.

Heute waren keine Nachbarn draußen und unterhielten sich, worüber Nils froh war. Er hatte keine Lust zu erklären, wer der fremde Mann auf Krücken war. Er nahm die Fenster der umliegenden Häuser ins Visier, entdeckte auch dort niemanden hinter den Vorhängen. Gut so.

»Das passt zu dir. Du liebst es im Garten herumzubuddeln.« Thore klang freundschaftlich, fast bewundernd.

Nils merkte, wie seine Fassade Risse bekam. Das durfte er nicht zulassen. Thores Zustand und seine Begeisterung für Nils' Haus sollten nicht dazu führen, dass er vergaß, was Thore ihm angetan hatte.

»Wie kannst du ihn dir leisten?«

»Ich wüsste nicht, was dich das angeht.« Gut so Thore, stelle mir weiter private Fragen und ich halte die Distanz aufrecht, stellte Nils befriedigt fest. Trotzdem konnte er nicht verhindern, dass ein mieser Beigeschmack bei dem Gedanken blieb.

»Hast recht. Es ist nur, ich könnte das nicht allein stemmen.«

Sicher war Nils sich nicht, aber er war der Meinung, Enttäuschung über Thores Gesicht huschen zu sehen.

»Meine Oma hat ausgeholfen.« Nils wusste nicht, wieso er das sagte, kramte seinen Schlüssel aus der Umhängetasche hervor und Thores Blick fiel darauf.

»Du hast sie noch.«

Nils zog die Stirn in Falten und ärgerte sich darüber, dass sein blödes Herz wegen der Frage ins Stolpern geriet. »Warum auch nicht? Sie ist gut.« War Thore sie erst jetzt aufgefallen? Er hatte sie die ganze Zeit um.

»Hm.« Thore klang neutral, wie immer, wenn er sich nicht anmerken lassen wollte, was er dachte. Das hatte Nils früher geärgert, nun erging es ihm nicht anders.

Das konnten lustige Tage werden. Entweder gingen sie sich an die Gurgel oder sie kamen miteinander aus. Nils schloss die Tür auf und stieß sie auf. Ließ Thore passieren und trat hinter ihm ein. Sie standen in seinem geräumigen Hausflur, der geradeaus in die Küche führte und rechts ins Wohnzimmer. Neben der Küche hatte er sein Schlafzimmer und dahinter lag ein Gästezimmer, in dem er Thore einquartierte.

Thores Augen huschten umher und ihm schien zu gefallen, was er im Flur zu sehen bekam.

Nils hatte die weißen Bodenfliesen im gesamten Haus behalten und nur die Wände gestrichen. Der Flur erstrahlte in einem Senfgelb, das er so mochte. Eine Garderobe hatte er neben der Eingangstür eingerichtet, an die sich das Treppengeländer der Stufen in den Keller anschloss, da es von dort in den Keller führte. Eine edle Gitterabsperrung, damit niemand hinunterfiel, erstreckte sich um die Öffnung der Treppe herum und endete kurz vor der Wohnzimmertür.

Der Flur ging über Eck und direkt auf der linken Seite befand sich das Badezimmer. Es war das einzige Zimmer, das Nils komplett neu gestaltet hatte. Daneben existierte ein weiterer Raum, der für Nils eher einem Abstellraum gleichkam, denn als sinnvolle Nutzung. Alles, bei dem er nicht wusste, wohin damit, kam dort rein. Seine alten Schulsachen und seine Verträge fanden hier ebenso ihren Platz wie die nicht gebrauchte Deko. Manchmal fragte Nils sich, weshalb er einen Keller hatte. Dort lagerte fast gar nichts.

»Links den Flur entlang und die letzte Tür rechts«, dirigierte er Thore und ging vor. Vor der Zimmertür blieb er stehen und deutete auf die verschiedenen Türen. »Direkt nebenan schlafe ich, da vorne ist das Bad. Küche und Wohnzimmer sind dort vorne, das Zimmer gegenüber geht dich nichts an. Und hier schläfst du.«

Nils öffnete die Tür und betrat das Gästezimmer. Thore folgte ihm und sah sich um. Viel zu entdecken gab es nicht, Nils hatte es sparsam eingerichtet. Eigentlich bräuchte er das nicht, da nie jemand bei ihm übernachtete. Alle seine Freunde und seine Familie wohnten in Jaselsdorf oder der Umgebung. Seine Mutter riet ihm, trotzdem eines einzurichten.

Außer einem kleinen Schrank links der Tür gab es ein Bett mit Nachttischen und eine Kommode, auf der ein Fernseher stand. Das Highlight war die Terrassentür. Man kam von den beiden Schlafzimmern, der Küche und dem angeschlossenen Esszimmer in den hinteren Garten. Der war nicht groß, aber für Nils reichte er. Hier konnte er sich ab dem Frühjahr bis in den Herbst ausleben, verschiedene Blumensorten anpflanzen, Insektenhotels aufstellen oder auf seiner Gartenliege sitzen und die Sonne genießen.

»Sag Bescheid, wenn du etwas brauchst.« Nils stellte die Tasche auf dem Bett ab.

»Wäre es ein Problem, mir eine Flasche Wasser und ein Glas zu bringen?« Thore stand vor dem Bett.

»Ich hole es.« Nils verließ das Zimmer. Wenn er die Tür

schloss und er sich fest wünschte, dass der Raum inklusive Thore verschwand, ob das wohl funktionierte?

In der Küche, die nicht breit dafür lang war, legte er seine Umhängetasche ab und zog seine Jacke aus. Beides hängte er über die Lehne eines Stuhles. Aus der Kammer, die direkt neben der Tür lag, holte er die Flasche Wasser und stellte sie auf dem Tisch ab.

Dann sank er auf einen Stuhl, stützte die Ellenbogen auf dem Tisch ab und barg sein Gesicht in den Händen. Futsch sind die vier freien Tage alleine. Er hatte sich so sehr auf sie gefreut.

»Was mach ich eigentlich hier?«, murmelte er und krallte seine Finger in seine Haare. Wie konnte er sich darauf einlassen, seinen Ex zu pflegen? Wie lange überhaupt? Ruckartig richtete er sich auf. Das hatte er gar nicht gefragt. Warum hatte er nicht eine Minute länger darüber nachgedacht, als der Anruf kam? Er schüttelte den Kopf. Nun war es zu spät.

»Nils?«, erklang Thores Stimme hinter ihm und Nils zuckte zusammen.

»Was?«, fragte er barsch. Sah Thore an, der ihn verunsichert betrachtete.

»Du hättest mich nicht mit zu dir nehmen müssen. Ich hätte nach Hause fahren können.« Thore sprach leise und ruhig. Ließ sich seine eben noch da gewesene Unsicherheit von einer auf die andere Sekunde nicht mehr anmerken.

»Und dann?« Nils stand auf, verschränkte die Arme vor der Brust. Thore wieder so nah zu sein mit dem Wissen, wie weh er ihm getan hatte, war fast zu viel und beinahe hätte er Thores Vorschlag angenommen, ihn nach Hause zu schicken. Aber ...

»Wie willst du dich versorgen? Du kannst ja nicht mal alleine aufstehen oder dich hinsetzen. Was glaubst du wohl, wie schnell du wieder im Krankenhaus landen würdest?« Nils nahm ein Glas aus dem Schrank, stellte es auf den Tisch und schraubte die Flasche auf. Schenkte Wasser ein und beobachtete die Blasen, die leise zerplatzten.

Thore kam näher und Nils half ihm, sich hinzusetzen. Allein, dass er ihn die nächsten Tage immer wieder anfassen musste, brachte seinen Puls in Wallung und er kniff die Lippen zusammen. Diesen vertrauten Körper unter seinen Händen zu spüren, machte es ihm nicht einfach kalt und distanziert Thore gegenüber zu bleiben. Stattdessen schrie alles in ihm, ihn nicht loszulassen, mehr zu wollen. Bloß nichts anmerken lassen.

Auf einmal dämmerte Nils eine weitere Erkenntnis. Das Pflegen beschränkte sich nicht nur auf das Hinsetzen und Aufstehen. Was, wenn Thore mal auf Toilette musste? Duschen, waschen? Das konnte er nicht alleine. Oh du meine Güte, harte Tage kamen auf ihn zu. Wieso in drei Teufelsnamen hatte er sich auf dieses Arrangement eingelassen? Dann sah er Thore an und er wusste es wieder.

Thore holte eine Tablette aus seiner Trainingshose, bei der auf der Gipsseite der Reißverschluss bis zum Oberschenkel offen war. Er schmiss sie ein und trank Wasser hinterher.

»Außerdem hast du eine gepackte Tasche mit Sachen und ich einen gefüllten Kühlschrank«, sagte Nils.

»Du hast recht.« Thore drehte das Glas in seiner Hand, bevor er einen weiteren Schluck trank.

»Also, raus mit der Sprache. Wieso ich?« Nils stellte sich die Frage, seit er den Hörer aufgelegt hatte. Ihm kam in den Sinn, was Linda die Krankenschwester gesagt hatte. Demnach musste Thore ständig nach ihm gefragt haben, zwar erinnerte er sich nicht mehr daran, nur war das nicht aussagefähig. Nils konnte sich nicht helfen, aber es machte diese ganze beschissene Situation besser. So unwichtig war er Thore nicht und das tat seinem geschundenen Herzen gut.

»Meine Eltern wissen nicht, dass ich nach Hause komme.« Thore hielt inne, als er Nils hochgezogenen Augenbrauen sah. »Auf eigenen Wunsch natürlich«, fügte er kleinlaut hinzu, bevor er weitersprach. »Ich wollte ihnen das Osterfest mit meiner Schwester nicht verderben. Und wie gesagt, meine Freunde sind auf einem Trip nach Gran Canaria. Eigentlich wollte ich mit, aber das hier«, er zeigte an sich hinunter, »hat alles verhindert. Ich bat sie, trotzdem zu fliegen und auf mich keine Rücksicht zu nehmen.«

»Wie ist das passiert?« Nils seufzte innerlich. Mist, jetzt ließ er sich auf ein Gespräch mit Thore ein. Dabei wollte er das verhindern und sich ihm entziehen, soweit es möglich war. Allerdings hätte er dann die erste Frage schon nicht stellen dürfen, oder? Es war schwer, es zuzugeben, aber so ganz missfiel es ihm nicht, mit Thore zu reden.

Thore wand sich unter Nils' prüfendem Blick.

»Beim Motorradfahren.«

Nils gab ein Schnauben von sich. Er hatte es immer gehasst, wenn Thore mit der Maschine unterwegs war, und sich jedes Mal tierische Sorgen gemacht.

»Mein Hinterrad hat für eine Sekunde die Bodenhaftung verloren«, sprach Thore weiter und Nils Magen zog sich zusammen. »Ich bin über das Lenkrad gestürzt, den Asphalt entlang gerutscht und irgendwie ist das Motorrad auf mich gefallen.« Thore senkte den Blick.

Immerhin schien es ihm ebenso unangenehm zu sein, von dem Unfall zu reden wie Nils, stellte dieser befriedigt fest. Musste

Thore Nils gegenüber eingestehen, dass er doch nicht so fehlerfrei fahren konnte, wie er es früher immer bezeugt hatte.

Plötzlich wurde Nils sich gewahr, dass er sich viel zu sehr auf Thore einließ. Er wollte ihm nicht entgegenkommen, aber genau das machte er gerade.

»Komm bloß nicht auf die Idee, dass wir etwas gemeinsam machen außer Essen oder wenn ich dir helfen muss.«

Thore nickte ergeben. »Alles gut. Ich habe nichts dergleichen erwartet.«

»Wie lange musst du hierbleiben?« Er legte wieder Kälte in seine Stimme. Drei Jahre hatte er es für den Fall, Thore über den Weg zu laufen, vor dem Spiegel geübt und war sehr zufrieden mit sich, wie gut es klappte.

»Mittwoch. Am Dienstagabend kommen meine Freunde aus dem Urlaub und Malte kann mich am Mittwochmorgen abholen. Ich werde ihm heute Abend schreiben. War ja eigentlich davon ausgegangen, zu Hause zu sein.«

»Gut. Dienstag und Mittwoch muss ich wieder arbeiten. Da musst du tagsüber alleine klarkommen.« Nils kratzte sich am Kopf. »Hast du schon was gegessen?«

»Nein.«

»Ich koche uns etwas.« Er holte Gemüse und Nudeln hervor und stellte auf seinem Handy eine Playlist an. Rock- und Pop-songs erfüllten die Küche und Nils war es schietegal, dass Thore in die Schlagerrichtung tendierte.

Mit dem Rücken zu Thore wusch er das Gemüse und setzte einen Topf Wasser auf. Wie gut, dass die Musik das Schweigen zwischen ihm und Thore übertönte. Dann holte er eine Auflauf-schale aus dem Schrank und Margarine aus dem Kühlschrank und stellte alles vor Thore ab.

»Kannst du die bitte einfetten? Wenn du schon hier bist, kannst du wenigstens helfen.«

»Alles klar.« Thore zog die Sachen zu sich und begann.

Nils schälte die Möhren und legte sie Thore mit einem Schneidebrett und Messer hin. Als Nächstes schnappte er sich die Zwiebel und hatte die perfekte Ausrede für die Tränen, die ihm über die Wangen liefen. Nicht, dass er das ganze Jahr nach der Trennung genügend vergossen hatte. Nein, die Schleusen hatten sich wieder geöffnet. Unwirsch wischte er sie fort. Er wollte wegen Thore keine einzige Träne mehr vergießen. Nils nahm sich ein Küchentuch, hielt es unter kaltes Wasser und wusch sich damit das Gesicht.

Als sie den Auflauf mit den gekochten Nudeln und dem Gemüse zusammengestellt und im Ofen hatten, setzte sich Nils zu Thore an den Tisch. Mit dem Finger fuhr er einen Ratscher im Holz nach. Thore schenkte sich Wasser nach und trank. Nils' Blick fiel auf Thores Kehlkopf, der beim Schlucken hoch und runterrutschte und er musste sich zurückhalten, um nicht mit dem Finger darüber zu fahren.

»Warum bist du Single?«, fragte Nils. Er konnte nicht verhehlen, dass er neugierig war, was in den letzten drei Jahren bei Thore passiert war. Vor allem, weshalb er keinen Freund mehr hatte, da er bisher angenommen hatte, dass Thore längst jemanden hatte. Nahtlos von ihm zu dem anderen übergegangen war. Wieder gab es diesen Stich in seinem Herzen, der in den Rissen stocherte, um den Kit zu lösen.

»Weil die richtigen Männer für einen nicht vom Himmel fallen.« Erneut hob Thore das Glas und setzte es an seine Lippen, um zu trinken. Ein intensiver Blick traf Nils, hielt ihn fest und sein Puls stieg an. »Es gab mal einen, aber das war nur ein kurzes

Intermezzo«, gab Thore zögernd von sich und senkte langsam den Blick.

Nils nickte verstehend, konnte den Anfall der Eifersucht auf den unbekannten Fremden nicht unterdrücken. Sein Körper verkrampfte sich, er schloss kurz die Augen und atmete tief ein. Anderseits war er froh, dass Thores Beziehung nach ihrer nicht gehalten hatte. Nahtlose Übergänge funktionierten offensichtlich nicht.

Bei Nils hatte es niemanden seit der Trennung gegeben. Es würde ewig dauern, bis es so weit war. Keiner interessierte ihn, bei niemandem, den er in den letzten Jahren getroffen hatte, gab es den Hauch von Anziehung. In seiner Playlist erklang *Work on it* von Alicia Keys und Nils räusperte sich.

»Das Haus ist schön.« Thore sah durch die offene Schiebetür ins Esszimmer. Von dort gab es eine Weitere, die ins Wohnzimmer führte. »Guten Geschmack hattest du schon immer.« Seine Mundwinkel verzogen sich zu einem Grinsen.

»Was?«, fragte Nils, der an dem Gedanken teilhaben wollte. Schalt sich direkt, weil er sich zu viel mit Thore beschäftigte. Aber diesem frechen Grinsen konnte er nie widerstehen. Das war mit einer der Gründe, warum er ihn vor fast einem Jahrzehnt auf dem Schützenfest angesprochen hatte.

»Weißt du noch, wie wir das Sofa für unsere Wohnung ausgesucht haben?« Thore gluckste und sofort griff er sich an die Brust und stöhnte.

»Sind die Schmerzen schlimm?«, fragte Nils und verzog das Gesicht, obwohl er sie nicht spüren konnte.

»Mit den Tabletten geht's.« Thore griff nach dem Glas und trank. »Auf jeden Fall musstest du erst jedes Sofa ausprobieren. Selbst die, die du hässlich wie die Nacht fandest.«

»Natürlich. Ich brauchte Vergleichssitzproben. Vielleicht gab es doch noch ein besseres als mein Favorisiertes«, brachte Nils empört hervor.

»Ich hätte dir an dem Tag an die Kehle springen können. Wir hatten uns schon längst für ein Sofa entschieden.«

»Du hattest dich festgelegt, ich noch nicht.« Was nicht ganz stimmte, aber das konnte er seit damals nicht zugeben.

Thore schüttelte den Kopf. »Es war trotzdem ein schöner Tag.« Versonnen lächelte er und Nils dachte an den Tag zurück. Sie hatten sich gestritten und gelacht, diskutiert und die Verkäufer zum Verzweifeln gebracht. Fast vier Stunden waren sie in dem Laden, nur, um ohne einen Kauf abzuziehen und eine Woche später die Couch zu nehmen, die Nils zu Beginn ausgesucht hatte.

Durch die Küche zog der Duft des Gemüseauflaufs und riss Nils aus seiner Erinnerung. Erschrocken stellte er fest, dass seine Fassade gefallen war. Verdammt, wie schaffte der Kerl das nur? Thores Nähe, seine Stimme wiederzuhören, fühlte sich zu gut an. Sein Netz hatte sich wieder um Nils gesponnen und er hatte es nicht verhindert. Und dann plauderte er locker von ihrer Vergangenheit, als wären sie als Freunde auseinandergegangen. In seinem Bauch wuchs ein kleiner Ball der Wut.

Abrupt schob er den Stuhl nach hinten, stand auf, holte Teller und Besteck und stellte es auf den Tisch.

»Brauchst du noch Tabletten?«

»Nein, danke. Erst nach dem Essen, kurz vor dem Schlafengehen.«

Nils kontrollierte den Auflauf, befand ihn für gut und holte ihn aus dem Ofen. Er tat sich und Thore je eine Portion auf den Teller und sie aßen schweigend. Ab und an spürte er Thores

Blick auf sich, ignorierte es, zog sich eine Zeitschrift heran und blätterte darin herum. Und er nahm nicht ein Wort auf. Wie gut, dass es kein Roman war. Er hätte alles noch einmal lesen müssen.

Kapitel 4

Karfreitag

Thores Blase drückte und er musste auf die Toilette, wenn er keine Sauerei im Bett anstellen wollte. Probeweise rutschte er mit dem Hintern hin und her, jedoch lange konnte er nicht mehr aushalten. Aber es war erst sechs Uhr, die Sonne war noch nicht aufgegangen und Thore blickte durch die Fenster in einen dunklen Garten. Nils schlief wahrscheinlich. Sollte er seine Schlafgewohnheiten nicht verändert haben, lag er in tiefsten Träumen.

Dann musste er es alleine versuchen, liegen bleiben war keine Option mehr. Vorsichtig setzte Thore sich auf, stöhnte leise auf. Warum tat diese kleine leidige Bewegung so weh? Normalerweise verschwendete man nicht einen Gedanken an sie.

Er drehte sich mit dem Oberkörper zur Bettkante, biss die Zähne zusammen und unterdrückte jedes Geräusch, das seiner Kehle entfliehen wollte. Er rutschte nach vorne, das Gipsbein mit sich ziehend. Erst mal durchatmen und eine Schmerztablette nehmen, bevor er seine Beine aus dem Bett schwang.

Er griff nach dem Blister auf dem Nachttisch, drückte sich eine Tablette heraus, warf sie in den Mund und spülte sie mit einem Schluck Wasser in den Magen. Das Gluckern tat seiner Blase nicht gut. Und allein die wenige Bewegung im Bett hatte das Ziehen und Stechen im Brustkorb verstärkt und es pochte ununterbrochen.

Nur eine Minute still sitzen, ermahnte Thore sich und hielt sich kerzengerade. Als es besser wurde, schwang er das gesunde Bein aus dem Bett, stellte das andere daneben. Nun musste er an die Krücken kommen, die neben dem Nachttisch standen. Er beugte sich vor und brauchte drei Anläufe, bis er die Erste zu fassen bekam. Weitere vier Versuche hatte er die Zweite. Schweißtropfen bildeten sich auf seiner Haut und sein Brustkorb stand kurz vor der Explosion. Von seiner jammernden Blase mal abgesehen. Wann hörte das auf?

Tiefdurchatmend, was nicht gut war, wie ein stechender Schmerz verriet, verlagerte er sein Gewicht auf das gesunde Bein und stemmte sich ächzend und stöhnend hoch. Mit Hilfe war das definitiv einfacher, da er sich dabei gerade halten konnte. Aber er hatte es geschafft und Stolz durchströmte ihn.

Ein bitteres Lachen kroch in ihm hoch, das er erschrocken abbrach, als er hörte, wie laut es in seinen Ohren klang. So weit war er gekommen, dass er stolz darauf war, alleine aufgestanden zu sein. Seine Blase erinnerte ihn daran, warum er es auf sich genommen hatte.

Thore humpelte los und kam im Badezimmer an. Er war nie so froh, eine Toilette vor sich zu haben. Seine Blase stand kurz vorm Platzen oder lief gleich über, eines von beiden. Er klappte den Deckel und die Brille hoch und machte sich nicht die Mühe, sich hinzusetzen. Das würde er nicht hinbekommen.

Erleichtert nach dem Geschäft zog er die Spülung, schleppte sich zum Waschbecken und wusch sich die Hände.

»Warum hast du mich nicht gerufen?«

Thore zuckte zusammen und drehte sich um. Verschlafen, die Haare total verwuschelt, stand Nils mit freiem Oberkörper und einer Schlafhose bekleidet im Türrahmen. Der Anblick passte nicht zu seiner kühlen Stimme und Thore lief ein Schauder über den Rücken. Nils rieb sich die kleinen Augen.

Oh, wie Thore diese Ansicht liebte. Trotz ihrer Trennung war Nils der schönste Mann auf Erden für Thore. Gerade am Morgen, kurz nach dem Aufwachen, fand Thore Nils am Wunderschönsten und er schmunzelte, was ihm einen abschätzenden Blick einbrachte. Einen Penny für die Gedanken schoss es Thore durch den Kopf.

»Ich kann schon alleine auf Toilette gehen. Bin schon groß.«

»Das habe ich gehört, wie du das alleine kannst. Aber das Aufstehen funktioniert nicht so gut und das habe ich auch gehört.« Nils gähnte, hielt sich die Hand vor den Mund und fuhr sich übers Gesicht.

»Tut mir leid. Ich wollte dich nicht wecken.«

»Verdammt, wenn du Hilfe brauchst, ruf mich gefälligst. Ich habe keine Lust, einen Krankenwagen zu rufen.«

Nils war anscheinend der Morgenmuffel wie früher. Er kratzte sich über den Brustkorb, hinterließ kaum sichtbare rote Striemen, die schnell wieder verblassten. Thore folgte seinen Fingern. Erinnerte sich, wie sich die Haut dort angefühlt hatte. Warm, weich und gleichzeitig hart. Er leckte sich über seine Lippen. Schmeckte die weit entfernte Erinnerung an Nils.

Kopfschüttelnd verbannte er den Gedanken.

Denk dran, er hat dich rausgeschmissen, hat dir wehgetan und bis heute keine Erklärung dafür gegeben. Solange du die nicht kennst, wirst du an nichts mehr denken, das in Verbindung mit

Nils und Nähe stand, verstanden? Und vergiss bloß nicht die nervige Eifersucht.

»Alles in Ordnung bei dir?« Nils hob fragend die Augenbrauen.

»Jepp, könnte nicht besser gehen in meiner derzeitigen Situation mit einer leeren Blase.« Überraschenderweise stimmte das sogar, stellte Thore fest.

»Willst du wieder ins Bett?«, fragte Nils und Thore hob den Blick. Ihm war gar nicht bewusst, dass er noch auf Nils Brust starrte. Oder erneut?

»Nein, ich bin wach.«

Nils nickte, drehte sich um und verschwand aus Thores Blickfeld. Thore hing einen Moment seinen Gedanken nach, bevor er sich wieder dem Waschbecken zuwandte. Wenn er schon mal hier war, konnte er sich auch die Zähne putzen.

Als er fünf Minuten später das Badezimmer verließ, folgte er dem Kaffeeduft in die Küche. Mithilfe von Nils setzte er sich an den Tisch.

»Hier.« Nils stellte ihm eine Tasse mit Kaffee hin, der er Milch beigefügt hatte.

»Danke dir.« Thore war die Situation so unangenehm, sich von Nils bedienen zu lassen, auf seine Hilfe angewiesen zu sein. Dieser Mann hatte ihm das Herz gebrochen. Hätte er gestern im Krankenhaus länger darüber nachgedacht, wäre er zum selben Schluss wie heute gekommen. Er konnte nicht mehr sagen, was ihn geritten hatte.

Du weißt es genau, flüsterte es in seinem Kopf und er verbannte die Stimme zurück in die Ecke, aus der sie gekrochen war. Er redete sich lieber ein, dass er vor Augen gehabt hatte, schnell das Krankenhaus zu verlassen, egal mit wem.

Er trank einen Schluck. Leider misslang ihm seine Selbstlüge. Wäre zu schön gewesen, bei Nils zu sein und nicht über ihn nachzudenken. Ach zum Teufel, wann hatte er das nicht?

Er hob den Blick, beobachtete Nils, wie dieser die Milch zurück in den Kühlschrank stellte und an seiner Tasse nippte. Würden sie sich die nächsten Tage anschweigen? Gestern hatte er kurz den Eindruck, das Eis gebrochen zu haben, als sie gemeinsam an den Kauf des Sofas zurückgedacht hatten. Thore hatte gehofft, wieder mit Nils reden zu können, aber das war schneller verflogen, als sein Motorradsturz gedauert hatte. Oder bekam er seine Chance herauszufinden, warum Nils ihn damals so Hals über Kopf loswerden wollte und jeglichen Kontakt abgebrochen hatte?

Nils bekam von Thores Gedanken nichts mit, worüber Thore froh war. Wer weiß, was für einen sarkastischen Spruch er dann losgelassen hätte. Nils verließ mit einer Tasse die Küche und Thore hörte kurz darauf eine Tür zuschlagen. Welche vermochte er nicht zu sagen.

»Bad«, murmelte er, als er das Rauschen der Dusche hörte.

Thore sehnte sich nach dem Nass. Danach sich vernünftig zu waschen. Er kratzte sich übers Kinn, fühlte die Stoppeln. Er trank von seinem Kaffee und starrte aus der Terrassentür in den Garten. Die Sonne erhob sich langsam und vertrieb die Dunkelheit. Vogelstimmen zwitscherten einen Guten-Morgen-Gruß, weckten sich gegenseitig und stimmten gemeinsam in ein fröhliches Morgenlied ein. Wie gerne hätte er mit ihnen gesungen, dieselbe Freude gespürt, aber seine Stimmung war noch mieser als zuletzt im Krankenhaus. Dies lief alles nicht so, wie er gehofft hatte.

Moment, nein, Nils war sein letzter Ausweg gewesen. Genau

und nicht mehr. Von wegen Hoffnung oder so. Die Zeit hatte nichts geheilt. Blöder Spruch. Wer sich den ausgedacht hatte, wusste gar nichts vom Leben.

Nach einer Weile kam Nils zurück, füllte seine Kaffeetasse auf und trank einen Schluck.

»Willst du auch duschen? Ich habe einen kleinen Hocker, den wir in die Kabine stellen können und mit großen Müllsäcken sollten wir dein Bein abgedeckt bekommen.«

»Das würdest du machen?« Thore sah ihn mit großen Augen an. Schlagartig stieg sein Stimmungspegel einige Zentimeter und verließ den Minusbereich.

»Sonst hätte ich es nicht angeboten«, antwortete Nils schroff und verschloss sein Gesicht wieder vor jedweden Emotionen. Thore überlegte, ob er es ausschlagen sollte, so verlockend die Aussicht auf eine Dusche auch war. So wie Nils aussah, war er sich nicht sicher, ob Nils das wirklich wollte.

»Weißt du was? Ich setze mich einfach auf den Hocker vor dem Waschbecken und wasch mich ordentlich. Das passt schon. Dann hast du nicht extra Arbeit.«

Nils verdrehte die Augen. »Glaubst du im Ernst, ich würde es machen, wenn ich es nicht wollte?«

»Ja? Rein aus Pflichtgefühl, weil ich mich dir aufgedrängt habe?«, erwiderte Thore vorsichtig und überrascht über Nils' Ausbruch. Damit hatte er nicht gerechnet. Versuchte aber, sich nichts anmerken zu lassen.

Seufzend stellte sich Nils neben ihn, wirkte versöhnlicher. »Mir macht es nichts aus. Komm schon.«

»Sehr gerne.« Thore trank rasch seinen Kaffee aus und Dankbarkeit durchflutete ihn. Nils half ihm beim Aufstehen und sie gingen ins Bad. Während Thore sich dort auf den Stuhl setzte, den Nils ihm gestern hingestellt hatte und sich bis auf die Pants auszog, bereitete Nils alles für den Duschgang vor.

»Du solltest auch die Unterhose ausziehen.« Nils stemmte abwartend die Hände in die Hüften. »Da ist nichts, was ich nicht schon mehrfach gesehen oder gespürt habe«, fügte er ironisch an. Thore stieg Hitze vom Rücken bis in den Kopf, aber statt etwas zu sagen, zog er sich aus. Kaum saß er nackt da, packte Nils sein Gipsbein in einen Müllsack.

»Geht das so? Nicht zu fest?«

»Alles gut.«

»Dann komm.« Nils hockte sich neben Thore, legte sich seinen Arm um die Schultern und gemeinsam erhoben sie sich. Wie gut, dass Nils und Thore die gleiche Größe hatten, da war der ganze Vorgang einfacher. Thores Herz schlug einige Takte schneller als normal, seine Handflächen wurden feucht und er sah fest auf den Hocker, als er auf dem gesunden Bein auf Nils gestützt, dorthin hüpfte. Der Gips wurde noch schwerer.

Sie schafften es ohne Probleme bis zur Badematte, doch dann rutschte Thore mit dem Fuß weg, kaum dass er zum Stehen kam. Er geriet ins Schlingern, krümmte sich nach vorne, um den Fall abzustützen, und sein Gipsbein glitt nach hinten weg. Ein Ruck ging durch seinen Körper und Nils Griff um seine Taille verstärkte sich abrupt. Reflexartig krallte er sich in Nils Schultern fest, der zischend Luft einsog. Vor Schmerzen schrie Thore auf und Tränen schossen ihm in die Augen.

»Ich hab dich. Ganz ruhig, Hill«, sagte Nils, balancierte sie beide aus und Thore verlagerte sein Gewicht auf das gesunde Bein. Er löste die verkrampfte Hand von Nils' Schulter und hielt sich wieder lockerer an ihm fest. »Die Badematte nehmen wir das nächste Mal weg.«

»Danke dir.« Thore atmete flach, Tränen liefen ihm über die Wangen, ohne dass er sie aufhalten konnte. Sein Brustkorb fühlte sich zerrissen an, pochte und stach schlimmer, als er es für möglich gehalten hatte. Sein Bein hatte nicht viel abbekommen. Der Gips hatte es geschützt. Vorsichtig tastete er über die Haut, um sicherzugehen, dass er nicht entzweigebrochen war. Doch sein Körper war überraschenderweise ganz.

Da erst fiel ihm auf, dass Nils ihn mit seinem alten Kosenamen angesprochen hatte. Hätte der Schmerz seinen Körper nicht im Griff wie ein Schraubstock, sein Herz würde deswegen flattern und ihm nicht aufgrund des Schreckens des beinahe Sturzes bis zum Hals klopfen.

Thore wischte sich die Tränen von der Wange und schämte sich ihretwegen. Worauf hatte er sich eingelassen? Wieso konnte er Nils nicht hassen für das, was er ihm angetan hatte?

Aber nein, er hatte gestern festgestellt, dass er diesen Typen liebte. Nie damit aufgehört hatte. Nicht, dass ihm das erst gestern klar geworden war, allerdings war es einfacher, sich einzureden über Nils hinweg zu sein, wenn er nicht mit ihm zusammen war und nackt neben ihm stand.

»Okay, nur noch hinsetzen.« Nils war mit in die Dusche getreten und Thore war unendlich dankbar, dass eine halbe Fußballmannschaft reingepasst hätte. Na gut, so viele nicht, aber drei Leute bestimmt. Langsam gingen sie in die Knie, das Gipsbein schob er vor sich her, bis er mit dem Hintern auf dem Hocker saß.

»Warte mal.« Nils trat aus der Dusche, zog sich bis auf die Unterhose aus, was Thore gemein fand, immerhin hockte er hier nackt vor Nils. »Ist vielleicht einfacher, wenn ich dich wasche.«

»Ich glaube schon, dass ich das kann.« Dass sein Brustkorb

immer noch vor Schmerzen pochte, ignorierte er. Zumindest hatten die Tränen aufgehört zu laufen.

»Sei nicht albern, es geht schneller, wenn ich es mache und das ist wahrscheinlich schmerzfreier für dich.«

Nils machte sich mit zusammengekniffenen Lippen ans Werk. Sprühte ihn mit der Brause nass. Nils musste ihn noch so gut kennen, dass er nicht fragte, wie warm oder kalt Thore das Wasser haben wollte. Er stellte es auf lauwarm.

Herrgott noch mal, Nils nah zu sein, wenn er angezogen war, ging gerade so. Nackt war eine andere Hausnummer und er musste sich daran erinnern, normal zu atmen. Er ließ sich nicht von Nils herben Geruch beeindrucken, den er so an ihm mochte und der sich nicht geändert hatte. Fuck, seine schlechteste Idee ever, Nils anzurufen. Und der kannte ihn noch so gut.

Nils shampoonierte Thores Haare und verteilte Duschgel auf seinem Körper. Dabei ging er sanft vor, streichelte ihn fast.

Thore konnte sich nicht dagegen wehren, aber Wellen an Lust und Erregung schwappten durch ihn, was sein Schwanz freudig begrüßte. Wie konnte ihm gleichzeitig alles wehtun und er geil sein? War er vorhin leicht rot gewesen, nun stand sein Kopf in Flammen.

Nils blickte ihn mit hochgezogenen Augenbrauen an.

»Ich kann nichts dafür. Hässlich bist du immer noch nicht«, gab Thore zerknirscht von sich und erntete ein Schnauben.

»Leg den Kopf zurück.« Nils nahm die Brause in die Hand und spülte ihn ab. Langsam fühlte sich Thore wieder wie ein Mensch. Mit dem abfließenden Schaum wusch er sich den Krankenhausmief ab. Er schloss die Augen und genoss einerseits die Behandlung durch Nils, andererseits rief er sich ständig in Erinnerung, wer ihn wusch.

Plötzlich traf Thore ein kalter Wasserstrahl und das Wasser rann an ihm hinab.

»Nils!«, rief er und schnappte nach Luft. Gänsehaut überzog ihn und er fröstelte. Lachend stellte Nils das Wasser aus. Das war wahrscheinlich das Aufrichtigste, was er seit gestern von Nils erhalten hatte und er schmunzelte, unterdrückte das eigene Lachen, um seinen Brustkorb nicht erneut in Aufruhr zu versetzen.

»Wollte dich nur wieder auf den Boden der Tatsachen holen.« Nils grinste ihn fies an.

»Das war ich schon, danke auch.«

Ein Handtuch wurde ihm entgegen geworfen und Thore trocknete sich ab. Nils half ihm, als er die Bademätte beiseitegelegt und den Stuhl vor die Dusche gestellt hatte. Dann rieb er Thore den Rücken trocken und sie wechselten den Sitzplatz. Nils entfernte die Müllsäcke und reichte Thore seine Klamotten, der sich bedächtig anzog.

»Lass uns frühstücken, dann kannst du eine Schmerztablette nehmen«, forderte Nils Thore auf.

Kapitel 5

Nils stand an der Arbeitsplatte mit dem Rücken zu Thore, bildete sich ein, seinen Blick auf sich zu spüren, was Nils nicht stören würde. Sollte Thore sehen, was ihm entging. Nils schlug Eier in eine Schale und gab Milch hinzu. Das Ei rührte er mit einer Gabel durch und mischte Salz und Pfeffer unter. Im Ofen buken die Brötchen und auf dem Herd warteten zwei Pfannen auf ihren Einsatz.

Natürlich bereitete er das für zwei Personen und nicht für sich alleine vor. Wie schön hatte er sich die Frühstücke ausgemalt, mit einem guten Buch, vielleicht sogar auf seiner Terrasse. Warm genug war es bestimmt. Selbstverständlich, nachdem er ausgiebig ausgeschlafen hatte. Es wäre vermutlich eher ein Mittagessen, denn ein Frühstück geworden. Zwar hatte Thores Anruf seine Tage durcheinandergebracht, aber seinen Plan von leckerem Frühstück und Essen konnte er in die Tat umsetzen, wenn der Rest schon hintenüber fiel.

Das Duschen mit Thore hatte ihn nicht so kalt gelassen, wie er Thore hatte glauben lassen wollen. Immerhin war bei ihm nichts gewachsen. Seine Fassade Thore gegenüber bröckelte heftig, er liebte diesen Mann einfach.

Warum nur hatte Thore das damals nicht erkannt und ihm so wehtun müssen? Zudem so offensichtlich in einer Kleinstadt, in der viele sich kannten. Zu allem Übel besaß er die Dreistigkeit, ihn zu bitten, ihn aus dem Krankenhaus abzuholen und zu pflegen.

Erst gestern Abend im Bett war ihm aufgegangen, dass Thore garantiert noch andere kannte, die vor Ort waren und das gemacht hätten. Irgendwer aus seinem Fitnessstudio, denen er gerne hinterher gesehen hatte. Nils hatte einmal den Augensex von Thore vor Ort mitbekommen und es endete in einem Streit, bei dem Nils die Nacht auf dem Sofa verbracht hatte. Es war eines der Themen, die sie danach nur sporadisch angesprochen hatten.

Nun gut, kehrte Nils zu seinem Ursprungsgedanken zurück. Er hätte sich nicht drauf einzulassen und Thore aus dem Krankenhaus abzuholen brauchen. Hätte Nein sagen können. Aber wie hätte er dagestanden? Wie ein herzloses Arschloch?

»Du liebst das Frühstück immer noch«, stellte Thore fest und holte Nils aus seinen Gedanken.

»Es gibt Dinge, die ändern sich nie.« Nils goss das Rührei in die eine Pfanne und legte Speckstreifen in die andere. Kontrollierte die Brötchen und nahm sich zwei Orangen vor. Schälte sie und schnitt sie in Scheiben. Verteilte sie auf einem Teller.

»Hattest du zwischendurch wieder einen Freund?«, versuchte Thore den nächsten Anlauf. Nils hielt für eine Sekunde überrascht inne. Dachte er doch, dass er seinen Standpunkt gestern klar gemacht hatte. Er wollte sich auf kein Gespräch einlassen. Es sollte nicht wieder so enden wie am Tag zuvor, als Thore fast seine Mauer durchbrochen hatte.

»Nein«, gab er einsilbig von sich und hoffte, dass Thore den Hinweis verstand und nicht weiter bohrte.

»Okay.«

Nils stellte die Orangen auf den Tisch, wendete den Speck in der Pfanne, griff nach dem Küchenfreund und kümmerte sich um die Rühreier. Der Geruch nach Gebratenem und frischen Brötchen verteilte sich in der Küche und Nils lief das Wasser im Mund zusammen.

Aus dem Kühlschrank holte er Butter, Wurst, Käse und Frischkäse. Erdbeere- und Himbeermarmelade folgten ebenso wie der Honig.

»Ich glaub die Brötchen sind fertig«, sagte Thore.

»Oh shit, ja.« Nils wandte sich dem Ofen zu, holte das Blech aus dem Ofen und stellte es auf der Arbeitsplatte ab. Den Speck und die Rühreier richtete er in Schüsseln an und platzierte alles auf dem Tisch.

»Ich möchte ungern meckern, aber hast du Teller und Besteck?«, fragte Thore.

Nils seufzte. Thore brachte ihn aus dem Konzept und stellte seine kleine Welt, die er sich in den letzten drei Jahren mühsam aufgebaut hatte, auf den Kopf.

»Ich hole es schnell.«

Als alles da war und Nils Kaffee nachgeschenkt hatte, begannen sie schweigend mit dem Frühstück.

»Warum hast du keinen Freund?«, fragte Thore nach einer Weile, sah von seinem Teller auf und spülte den letzten Bissen mit seinem Kaffee hinunter.

»Ich wüsste nicht, was dich das angeht.« Nils verschränkte die Arme vor der Brust. Seit wann hakte der Kerl so hartnäckig nach? Das störte Nils und brachte seine Fassade immer wieder ins Wanken.

»Das stimmt schon, ich bin nur neugierig. Du siehst gut aus, kannst kochen.« Thore breitete die Arme aus. »Hast dieses wunderbare Haus.«

»Na und?«, spie Nils aus. »Wusste nicht, dass das Gründe sind, weshalb man unbedingt einen Freund braucht.«

»Tschuldigung. Sind blöde Beispiele gewesen. Aber jeder, der dich nicht will, muss doch bekloppt sein.« Thore sah Nils ruhig und ernst an.

»Ach ja?« Nils Blut pulsierte heiß in seinen Adern, kochte über wie ein Vulkan, seine Venen traten pochend am Hals hervor und er sprang auf. Der Stuhl kippelte und fiel krachend um. Thore zuckte zusammen und kniff die Augen zusammen. »Sagt unbedingt derjenige, der mich betrogen hat. Anscheinend war ich dir nur für das Häusliche gut genug und für den Rest hast du dir einen anderen gesucht.« Nils hatte sich beim Reden immer weiter vorgebeugt, bis seine Nase fast an Thores stieß. »Hast wohl gedacht, du bist ein ganz Schlauer?« Mit dem Zeigefinger pikte er ihm gegen die Brust.

Mit Macht kehrte die Eifersucht, die er all die Jahre weggeschoben hatte zurück. Wie oft hatte er sich ihrer geschämt, wollte sie loswerden und bekam es nicht gut in Griff, dabei war sie zum Teil gerechtfertigt, wie er seit drei Jahren wusste.

Thore hatte die Augen aufgerissen, öffnete den Mund und schloss ihn wieder. Nils konnte die Überraschung in Thores Gesicht lesen, was ihn kurz verwirrte, er schob es aber auf seinen plötzlichen Ausbruch.

»Ich habe was bitte?«, brachte Thore zwischen zusammengekniffenen Zähnen hervor und schob Nils mit den Händen an den Schultern zurück.

»Jetzt tu nicht so.« Nils schnaubte und schüttelte fassungslos den Kopf. War das Thores Ernst? »Du hast mit Birk gevögelt. Anscheinend hattet ihr sehr viel Spaß miteinander, mehr als du mit mir hattest.« Nils' Lippen zitterten und Tränen stiegen ihm in die Augen, als er an den Moment dachte, wie die beiden aus der Tür des Juweliers traten.

»Ich habe keine Ahnung, wovon du sprichst. Ich habe nie mit jemand anderen geschlafen als mit dir, während wir zusammen waren.« Thore runzelte die Stirn und blieb ruhig.

Gottverdammt, wie Nils das hasste. Warum konnte der Typ nicht in die Luft gehen?

»Wie kommst du darauf?«

Nils klappte der Mund auf, wusste für einen Moment nicht, wie er reagieren sollte. Was war Thore für ein guter Schauspieler. Aber da war er bei ihm an die falsche Adresse geraten.

»Weil ich euch gesehen habe.« Nils drehte sich um, riss die Terrassentür auf und frische Luft strömte herein. Luft, die er zum Atmen brauchte, da er sonst glaubte, zu ersticken.

»Wann hast du uns angeblich beim Ficken gesehen?«

»Du gibst es also zu?«, fragte Nils mit erstickter Stimme und fixierte den Rosenstrauch in seinem Garten, der zarte Triebe zeigte.

»Ich gebe überhaupt nichts zu, denn da ist nichts zuzugeben.« Thores Stuhl scharrte über den Boden und er gab einen erstickten Laut von sich. Nils drehte sich um und sah, wie Thore sich erheben wollte. Trotz seiner Wut auf ihn konnte er sich das nicht mit ansehen. Das stoische Gesicht, mit dem Thore versuchte, die Schmerzen zu übergehen, ließen ihn weich werden. Doch er wollte sich das nicht anmerken lassen.

»Bleib bloß sitzen, ich habe keine Lust darauf, ins Krankenhaus zu fahren.«

»Wo hast du uns gesehen, Nils?«, fragte Thore nachdrücklich und gab die Anstrengung auf, aufzustehen.

»Als ihr einen Tag vor meinem Geburtstag bei Juwelier Leffer aus der Tür getreten seid. Beide freudestrahlend. Birk hat dir einen Arm um die Schulter gelegt, dir einen Kuss auf die Wange gegeben und ihr habt so ...« Nils stoppte, brauchte einen Moment, um sich in den Griff zu bekommen. Auf keinen Fall wollte er vor Thore in Tränen ausbrechen. »Warum ausgerechnet Birk? Der hat sich so oft an dich heran gemacht, keine Gelegenheit ausgelassen, dich zu betatschen. Vor allem, wenn er getrunken hat. Du wusstest, dass du nur mit dem kleinen Finger wedeln musstest und er stand Gewehr bei Fuß.« Er rieb sich über die Augen.

»Oh mein Gott, du hast uns gesehen?« Das war das Einzige, was Thore dazu sagte und überging wie so oft in der Vergangenheit die Anspielung auf Birk. Die Wut in Nils' Bauch bekam neue Nahrung. Immerhin gab Thore es zu und stritt es nicht ab. Ansonsten wusste Nils nicht, wie er darauf reagiert hätte.

»Ja, verdammt, habe ich doch gerade gesagt«, sagte Nils grob und fuhr sich übers Gesicht. Er wanderte in der Küche auf und ab, gefolgt von Thores Blick. »Hast seinem Werben nach Jahren endlich nachgegeben. Und ich habe ihn akzeptiert, weil du immer gesagt hast, dass er nur ein Freund für dich ist. Bin ich dir zu langweilig geworden?« Er holte tief Luft.

»Ich ...«, setzte Thore an. Nils ließ ihn nicht zu Wort kommen. Jetzt, da die Schleusen geöffnet waren, musste es raus.

»Morgens an meinem Geburtstag habe ich gehört, wie du mit ihm telefoniert hast. Ihm gesagt hast, dass du noch nicht den richtigen Zeitpunkt gefunden hast, mit mir zu reden.« Nils blieb vor Thore stehen, blickte auf ihn hinab. Verstehen spiegelte sich in Thores Augen. »Gott verdammt, Thore, das war mein Geburtstag. Wolltest du mir zum Dreißigsten die Abservierung schenken?« Nils Stimme wurde lauter und überschlug sich fast.

Er raufte sich die Haare und in seinem Magen verknotete sich alles. Er haderte mit sich, weil er nicht wusste, ob er die Antwort wissen wollte. Andererseits wurde ihm bewusst, wie sehr er sie all die Jahre gebraucht hatte, um endgültig abschließen zu können. Damals war er nicht in der Lage gewesen, mit Thore zu reden. Er war so verletzt gewesen, sein Herz war mit voller Wucht herausgerissen, darauf rumgetrampelt, zerquetscht und dann ausgeblutet wieder eingesetzt worden.

»Nochmal, ich hatte nichts mit Birk, ich habe nichts mit Birk und ich werde auch nie etwas mit Birk haben.« Thore hatte seine Hände um seine Krücken geschlossen und die Fingerknöchel stachen weiß hervor. Dies und die sich sachte bewegenden Ohren waren die einzigen Anzeichen, wie aufgebracht er war. Jemand, der Thore nicht kannte, hätte nicht darauf getippt, wie aufgewühlt er in Wirklichkeit war.

Nils wusste, dass er sich mit Mühe und Not zurückhielt, da er immer der Meinung war, Dispute ruhig klären zu müssen. Wie Nils das hasste.

»Birk hat mir geholfen, einen Ring für dich auszusuchen.« Thores Worte drangen langsam zu Nils durch. »Ich habe ihn einen Tag vor deinem Dreißigsten abgeholt und an deinem Geburtstag hat er mich früh angerufen, um mich zu fragen, wie der Antrag gelaufen war.«

Wie vom Donner getroffen, blieb Nils stehen. »Willst du mich verarschen?«

»Herrgott, Nils, weißt du nicht mehr, dass Birk dieselbe Ringgröße wie du hat? Du hattest bei seiner Geburtstagsfeier den alten Ring seines Opas anprobiert, den er seit der Beerdigung trug. Ich habe mir einfach seinen Finger ausgeliehen. Natürlich musste er da mitkommen.« Thore verschränkte die Arme vor der

Brust und keuchte im selben Moment. Verzog schmerzverzerrt das Gesicht.

Nils erinnerte sich daran, auch, wie er mit der Hand vor Thore herumgefuchtelt und ihn scherzend gefragt hatte, ob ihm der nicht stehen würde. Er kniff die Lippen zusammen. Konnte das stimmen? Prüfend betrachtete er Thore, der flach atmend seinem Blick standhielt.

»Ruf Birk an und frag nach, wenn du mir nicht glaubst.« Er holte sein Handy hervor und hielt es Nils hin. »Den Code kennst du hoffentlich noch.«

Die Gedanken wirbelten durch Nils' Kopf. Er griff nicht nach dem Handy, starrte es nur an. War er so blind gewesen? Hatte ihm seine blöde und kindische Eifersucht etwa so einen großen Streich gespielt? War das der Grund, warum Thore sich im letzten halben Jahr ihrer Beziehung so merkwürdig verhalten hatte? Telefonate plötzlich abbrach, wenn Nils in die Nähe kam? Ihm prüfende Blicke zuwarf?

»Ich habe den Ring noch zu Hause. Ein schlichter, silberner, aber breit, der an deiner großen Hand bestimmt gut aussieht«, flüsterte Thore, ließ die Hand mit dem Handy sinken und sah auf den Boden.

Stille breitete sich über sie, die wie ein Stein auf Nils lag. Er wunderte sich, dass er noch nicht im Boden versunken war.

»Bei Birks Party ist mir klargeworden, dass ich genau das haben wollte. Dich für immer und jeder sollte es jederzeit sehen können. Und vielleicht habe ich mir auch ausgemalt, dass wir irgendwann mal ein oder zwei Kinder haben. Ich habe nur ewig gebraucht, um mir zu überlegen, wie ich dir einen Antrag machen will.« Thore hob den Kopf, suchte Nils' Blick und fand ihn. »Und Mut brauchte ich auch.«

Nils sah den Schmerz der geraubten Chance darin und schlagartig wurde ihm klar, dass Thore die Wahrheit sagte. Er hatte sechs Jahre weggeworfen, nur weil er vor rasender Eifersucht nicht in der Lage gewesen war, mit Thore zu reden. Ihm zuzuhören. Er war so ein Arschloch. Ihm zog sich der Magen zusammen und ihm wurde schlecht. Er sank am Küchenschrank entlanggleitend auf den Boden.

»Ich weiß nicht, was ich sagen soll.« Nils verschränkte seine Hände auf seinem Kopf. »Da waren diese Anzeichen. Birk war schon immer scharf auf dich. Hat mit dir geflirtet, wenn es möglich war. Meine Güte, er hat dich sogar begrabscht.« Nils schüttelte ungläubig den Kopf. Lag die Wahrheit so nahe? »Es tut mir so leid, dass ich …«

»Du hast mir noch nicht mal eine Chance gegeben, es zu erklären.« Thores Blick wurde hart und Nils kauerte sich auf dem Boden und umschlang mit seinen Händen die angewinkelten Beine. Seine dämliche Eifersucht. Wenn er sie nicht in den Griff bekam, würde jede Beziehung scheitern. Er hatte Thore so verletzt. Wie hatte der es nur geschafft, ihn anzurufen?

»Hast mich rausgeworfen, meinen Kontakt auf deinem Handy blockiert und mit Klebezettel unsere Sachen getrennt.« Thores Stimme brach. »Klebezettel. Über deinen besten Freund mit mir kommuniziert. Ich hatte zwei Tage Zeit, meine Sachen aus unserer Wohnung zu holen.« Thore leckte sich über die Lippen. »Und als ich vor dem Finanzamt auf dich gewartet habe, hast du mich abgewimmelt, so getan, als ob du mich nicht kennen würdest. Wochenlang ging das so. Sogar über deine Eltern, habe ich versucht an dich heranzukommen.« Tränen traten in seine Augen. »Du hast nichts zugelassen.«

»Es tut mir so leid.« Nils kroch über den Boden zum Stuhl,

ihm war so kalt auf den Fliesen geworden, dass er schauderte. Er stand auf und hob ihn auf, setzte sich darauf, sackte zusammen wie ein Häufchen Elend und war nicht in der Lage, Thore in die Augen zu blicken. »Ich fühlte mich so betrogen, so hintergangen und von dir ausgenutzt. Ich konnte dich nicht mal ansehen, ohne darüber nachzudenken, wie du und Birk im Bett über mich gelacht habt. Über den naiven und blöden Nils.«

Thore sah ihn mit einem Blick an, der Nils durch und durch ging und es lief ihm kalt den Rücken hinunter.

»Glaubst du wirklich, ich halte dich für naiv und blöd? Kennst du mich so schlecht?«

Nils schüttelte den Kopf. »Nein, nur in der Hinsicht, dass ich nicht mitbekomme, wie du und Birk vor mir eure Affäre verborgen habt. Du warst so komisch das letzte halbe Jahr unserer Beziehung. Hast mich abschätzend betrachtet, wenn du glaubtest, ich bekomme es nicht mit. Bist manchmal verschwunden, ohne zu sagen wohin.« Nils erinnerte sich an den Zettel, der ihm eines Tages beim Putzen in die Hände gefallen war. »Ich habe auf deinem Nachttisch Notizen gefunden.« Die krakelige Schrift von Thore stand ihm heute noch vor Augen. »Irland oder Schottland und Birk stand drauf. Hinter allem ein Fragezeichen«, flüsterte Nils.

»Ach Nils, deine scheiß Eifersucht. Du hättest mich einfach ansprechen können.« Thore seufzte. »Ich habe mir Locations in der Umgebung für den Heiratsantrag angesehen. Wollte etwas ganz Besonderes draus machen, deswegen bin ich, ohne dir etwas zu sagen verschwunden.« Er kratzte über sein Kinn. »Ich hatte überlegt, dir in New York, an den Cliffs of Moher oder sogar in den Highlands einen zu machen, deswegen die Fragezeichen. Die Ideen allerdings verworfen. Nie im Leben würde ich mit Birk in den Urlaub fahren.« Thore schnaubte. »Zumindest nicht alleine.«

»Ich habe gedacht, du und Birk plant euren Urlaub. Es war das erste Mal, dass ich seinen Namen las. Habe euch schärfer beobachtet, als sonst. Er war so oft hier, hat sich bei deinem Aikido-Kurs angemeldet.« Nils schüttelte den Kopf. »Was hätte ich denn denken sollen?« Ihm wurde noch schlechter, kalter Schweiß trat ihm auf die Stirn.

Abrupt stand er auf und stürzte ins Bad, würgte unterwegs, schlug sich die Hand vor den Mund und kam rechtzeitig vor der Toilette an. Die Kälte der Fliesen kroch in ihm hoch und ließ ihn zittern, während er sich am Toilettenrand festhielt und sein Frühstück rückwärts aß.

»Alles in Ordnung?«, rief Thore. Nils sank auf seinen Hintern und lehnte sich mit der Seite gegen die Wand.

»Ja. Bin gleich wieder da.« Sobald er sich traute, dem besten Mann der Welt unter die Augen zu treten. Eine unendliche Erschöpfung ergriff Nils und er wischte sich mit einem Stück Klopapier über den Mund. Warf es in die Toilette, erhob sich und drückte den Spülknopf. Ließ seine Demütigung und den widerlichen Geruch im Abfluss verschwinden. Am Waschbecken betrachtete er sich. Sein Gesicht war blass, fast grau.

Wie konnte er so verblödet gewesen sein? Warum hatte er nicht erst mit Thore gesprochen, anstatt in blinder Wut zu handeln? Seine Mutter hatte so oft auf ihn eingeredet, doch je öfter sie ihn darauf angesprochen hatte, desto mehr hatte er sich verschlossen.

Nils klopfte sich mit den Fäusten gegen den Kopf. Er hatte alles kaputtgemacht. Hatte Thore unnötig verletzt, der ihm nie verzeihen konnte.

Rasch putzte er sich die Zähne, um den Geschmack loszuwerden und ging langsam zurück in die Küche. Obwohl er Thore immer noch nicht unter die Augen treten wollte. Zu tief saß der Stachel des Verrats, den er an ihnen beiden verübt hatte.

In der Tür blieb Nils stehen. »Es gibt keine Worte für das, was ich getan habe. Es tut mir so unendlich leid.« Er wollte Thore umarmen, wollte so unbedingt die Zeit zurückdrehen und seinem damaligen ich einen Arschtritt verpassen, der ihn in die Wildnis verbannte. Doch das Recht darauf hatte er sich verwirkt. »Ich habe alles, aber auch wirklich alles kaputtgemacht. Alles, was wir uns aufgebaut haben und das Ganze nur, weil ich den Mund nicht aufbekommen habe.«

Thore nickte und sah ihn traurig an. »Wenn du doch nur eine Erklärung zugelassen hättest. Es wäre alles anders gekommen.«

Die Küche, sein Haus erdrückte ihn. Er musste raus. Dringend. Musste sich bewegen und die aufkommende Wut auf sich loswerden. Es war alles seine alleinige Schuld.

»Ich muss laufen gehen.«

»Hilf mir nur bitte hoch. Ich müsste mal auf die Toilette.«

Nils war froh und gerührt, dass Thore ihn nicht hinderte, ihm keine Vorwürfe machte, sondern um seine Hilfe bat. Er hatte keine Ahnung, wie er in derselben Situation reagiert hätte. Garantiert nicht so verständnisvoll. Wahrscheinlicher wäre eher, dass er getobt und gebockt hätte wie ein Bulle beim Rodeo. Ein dicker Kloß bildete sich in seinem Hals, aber er hielt die Tränen zurück.

»Klar«, brachte er hervor, nicht in der Lage, mehr zu sprechen. Ansonsten wäre es aus ihm herausgebrochen.

Ächzend kam Thore zum Stehen und humpelte hinaus. Mit dem neuen Wissen Thore nah zu sein, fühlte sich schlimmer an als vorher. War Thore sich wirklich sicher, dass er Nils in seiner Nähe haben wollte? Sollte er später nach Hause kommen und Thore fort sein, würde Nils sich nicht wundern. Nichts anderes hatte er verdient, als mit der kalten Schulter behandelt zu werden.

Nils ging in sein Schlafzimmer, beruhigte sich etwas, auch wenn seine Selbstvorwürfe nicht aufhörten, und zog sich um. Im Flur trafen sie wieder aufeinander.

»Möchtest du ins Wohnzimmer? Du könntest eine Runde zocken, wenn du möchtest.«

»Gute Idee. Habe ich schon seit Wochen nicht mehr.«

Gemeinsam gingen sie ins Wohnzimmer und Nils half Thore, sich hinzusetzen, reichte ihm die Fernbedienung für den Fernseher und schaltete die PlayStation ein.

»Fifa?«, fragte Nils.

»Du kaufst dir das immer noch jedes Jahr?«

»Klar.«

»Schmeiß es rein.«

Nils stellte die Konsole für Thore an und reichte ihm den Controller. Dann trat er vor die Haustür, lief los und ließ den Tränen ihren eigenen Lauf.

Kapitel 6

Thore konnte sich nicht auf das Spiel konzentrieren. Er hatte bisher keines von den Spielen gewonnen, seine Mannschaft irgendwie zusammengewürfelt und schaffte es nicht, ein Tor zu schießen. Nun wartete das System darauf, dass er auf weiter klickte und die Musik dudelte vor sich hin. Viel zu sehr spukte ihm das Gespräch mit Nils im Kopf herum. Er konnte nicht fassen, was der Kerl sich zusammengereimt hatte und anstatt ihn anzusprechen, hatte er ihn vor die Tür gesetzt. Diese elende Eifersucht. Ihm krampfte sich der Magen zusammen und ihm lief es kalt den Rücken hinunter.

Thore wusste genau, wie sprach- und hilflos er damals gewesen war. Völlig überrumpelt von Nils. Um überhaupt irgendwo zu schlafen, kroch er bei einem Freund unter. Natürlich bei Birk. Das musste Nils weiter angeheizt haben. Birk war oft ein Streitpunkt zwischen ihnen gewesen. Vor allem nach Partys, wenn er Thore auf die Pelle gerückt war.

Andererseits bei der Faktenlage, die Nils zugrunde legte, wer wusste schon, wie er reagiert hätte? Und wenn er ehrlich war, hatte Birk sich bei vielen Gelegenheiten an Thore rangeschmissen, nicht nur, wenn er getrunken hatte. Aber nachdem er ihn gebeten hatte, es zu lassen, hatte er sich daran gehalten. Nur hatte Nils anscheinend trotzdem bis zum Ende das Falsche in Birks Verhalten reingelesen.

Herrgott, Freunde durften sich doch umarmen, oder? Thore hatte nie mehr in Birk als einen guten Freund gesehen. Er war einfach nicht sein Typ. Vielleicht hätte er das Birk von Anfang klarmachen müssen. Schon als er Nils noch nicht kannte.

Thore seufzte. So viel vergeudete Zeit, Tränen und Schmerz. Er saß auf dem großen Futon des Ecksofas, seine Beine lang von sich gestreckt und sah sich um. Überall in diesem Raum fand er Nils wieder. Roch das altbekannte Parfüm, das sich in den Sofakissen festgesetzt hatte und Thore vertraut war. Unter dem Fernseher, der gegenüber dem Sofa an der Wand hing, war ein niedriger Fernsehtisch mit Glastüren, in denen seine DVDs und Spiele untergebracht waren und auf dem seine PlayStation stand. Thore erkannte Nils' schlichten und geradlinigen Geschmack im gesamten Haus wieder. Auch dass nirgendwo ein Staubkörnchen zu finden war und er schmunzelte.

Seine Gedanken kehrten zum Vormittag zurück und er überlegte, ob er sich eine andere Möglichkeit zur Übernachtung suchen sollte. Oder nach Hause fuhr. Ob Nils ihn bei sich haben wollte? Vorhin konnte er ihm kaum in die Augen sehen.

Die Spielmusik dudelte von vorne los und nervte Thore. Er schaltete sie auf stumm und drehte sich lieber der Sonne entgegen, die bereits seinen Nacken gewärmt hatte und hing seinen Gedanken nach. Die Sonne schien hinter ihm durch das lange Fenster, das mit dem Sofa über Eck lief.

Das Einzige, was Thore vergeblich suchte, waren die Regale. Früher hatten sie Zwei davon mit Büchern vollgestopft in ihrem Wohnzimmer stehen gehabt, nun fand sich keines. Dabei liebte Nils es zu lesen. Nicht mal ein Buch konnte er entdecken. Auf dem Sideboard neben der Schiebetür zum Esszimmer standen nur ein paar Fotos von Nils mit seinen Eltern.

Und so typisch Nils, dass Thore nirgendwo einen Hinweis auf Ostern entdecken konnte. Er hatte seine normale Alltagsdeko stehen, die aus Bildern und Blumen bestand. Die Blumen allerdings waren überall zu finden und blühten um die Wette. Nils hatte seinen grünen Daumen nicht verloren.

Die Haustür öffnete und schloss sich wieder. Sekunden später stand ein verschwitzter, nach Atem schnappender Nils mit geröteten Wangen und roten Augen im Wohnzimmer vor dem Sofa. Und so sehr Thore sich gegen das aufkommende Gefühl wehrte, als er Nils vor sich stehen sah, er fand ihn sexy. Die eng anliegende Laufhose betonte seine muskulösen Beine und Thore schwamm ein Bild vor Augen, wie diese ihn im Bett fixiert hatten und er sich nicht bewegen konnte.

Fuck, er sollte aufhören, darüber nachzudenken. Genau das hatte ihm heute in der Dusche den Ständer eingebracht.

»Hör zu«, sprach Nils Thore an und dieser konzentrierte sich auf die Worte. Schweiß rann Nils an den Schläfen hinab und er wischte ihn weg. »Ich kann den ganzen Scheiß, den ich angerichtet habe, nicht mehr gut machen und vielleicht wirst du mir nie verzeihen. Aber was hältst du davon, wenn wir unsere Beziehung aufarbeiten? Wir haben mit heute vier Tage Zeit.«

Thore runzelte die Stirn und zog die Augenbrauen zusammen. Er hatte mit allem Möglichen gerechnet, aber nicht damit. Sogar, dass er jemand finden musste, bei dem er die nächsten Tage übernachten konnte, im schlimmsten Fall alleine zu Hause. Aber garantiert nicht mit diesem Vorschlag.

»Du willst was machen?«

»Über unsere Beziehung reden. Was war gut, was war mies. Welches Paar kann das nach der Beziehung machen? Sie trennen sich und reden nie darüber, was schiefgelaufen ist. Wir haben die

Chance dazu. Können daraus lernen und es in Zukunft besser machen.«

Nils Augen strahlten bei den Worten. Er wirkte voller Tatendrang und nicht mehr wie ein Häufchen Elend, das sich vor lauter Schuldgefühlen übergeben hatte. Laufen war immer sein Ventil gewesen, um den Kopf freizubekommen.

»Ich weiß, dass es wahrscheinlich auch nicht dazu beitragen wird, dass du mir jemals verzeihst, aber ich kann mir all den Scheiß anhören, den ich zusätzlich schon vorher verbockt habe. Ein kleines bisschen Wiedergutmachung betreiben. Und mir ist außerdem klar, dass du all meine Entschuldigungen nicht annehmen musst.« Das Strahlen verschwand aus Nils' Augen und machte einer Traurigkeit Platz, die Thore ergriff.

Nils hockte sich neben Thore auf das Sofa, griff nach seiner Hand und hielt sie wie einen kostbaren Schatz zwischen seinen. Thore stieg Nils' Schweißgeruch in die Nase und anstatt sich angewidert abzuwenden, beobachtete er fasziniert, wie ein Tropfen über Nils' Wange nach unten lief.

»Bitte, lass uns das machen. Lass uns unsere Beziehung aufarbeiten. Sehr ehrlich, so schmerzhaft das auch werden wird.«

»Du meinst das vollkommen ernst.« Thore fand die Idee nicht so schlecht. Sie konnten beide daraus lernen und es beim nächsten Mal besser machen.

»Ja.«

»Hol mir eine Schmerztablette und Wasser und ich überlege es mir.«

»Sofort.« Nils ließ Thores Hand los und eilte zur Tür.

»Und geh dich bloß duschen«, rief Thore ihm hinterher und versuchte, so grimmig wie möglich zu klingen. Nils musste nicht wissen, wie heiß er Nils in seiner Laufkleidung verschwitzt und stinkend fand.

»Mach ich.« Kurz darauf kehrte Nils mit dem Blister und einem Glas Wasser zurück und reichte es Thore. Dann verschwand er im Badezimmer.

Thores Gedanken kehrten zum Anfang von Nils kleiner Rede zurück. Nils verzeihen? Musste er das überhaupt? Jetzt, da er wusste, warum er plötzlich kein Zuhause und keinen Freund mehr hatte? Die Beweggründe kannte? Sollte er nicht wütend auf Nils sein? Sich verletzt fühlen, wegen dem, was Nils ihm und Birk unterstellt hatte? Aber das Einzige, was ihn enttäuschte, war, dass Nils nicht mit ihm hatte reden wollen. Sich zu keiner Zeit bis heute auf ein Gespräch eingelassen hatte.

Fünfzehn Minuten später war Nils geduscht, hatte eine bequeme Jogginghose und ein schlichtes schwarzes Shirt übergezogen. Er hatte eine Flasche Wasser dabei, die er nun halb leerte.

»Das ist neu.« Thore beobachtete Nils mit hochgezogenen Augenbrauen.

»Was denn?«

»Du trinkst aus der Flasche und nutzt kein Glas.«

Nils schmunzelte. »Jupps, spart schmutziges Geschirr und die Spülmaschine ist nicht so schnell voll.«

»Gut zu wissen.« Thore erinnerte sich, wie sie diese Diskussion hatten, kurz nachdem sie zusammengezogen waren. Da stand Nils auf der anderen Seite. Aber er mochte die Veränderung, die lockere Haltung und fehlende Verbissenheit.

Mit einem Räuspern machte Nils auf sich aufmerksam. »Hier sind Papier und Stifte. Mit dem Tesafilm hänge ich das an die Wand.« Er deutete auf den Stapel auf dem Tisch, den er mitgebracht hatte.

»Du willst das alles schriftlich festhalten?« Thore sah Nils mit großen Augen an.

»Klar. Damit wir es nachlesen können.«

»Vielleicht hätten wir eher eine Paartherapie machen sollen.«

»Wenn du das nicht willst, dann ist das in Ordnung.« Nils blickte traurig auf das Papier und die Stifte.

Oh nein, das hatte er nicht bezwecken wollen. Natürlich wollte er sich darauf einlassen, nur war er sich nicht klar gewesen, welche Ausmaße Nils vorschwebten. Aber schaden konnte es auf keinen Fall, alles vor Augen zu haben und nachlesen zu können.

»Nein, fangen wir an. Erst die negativen oder erst die positiven Dinge?«, beschwichtigte Thore.

»Vielleicht so, wie es uns einfällt?« Nils setzte sich aufs Sofa und stellte die Flasche auf der Couch ab.

Da brauchte Thore nicht lange überlegen und ruckelte das Kissen im Rücken zurecht, damit er aufrechter sitzen konnte. »Gut, fangen wir mit deiner verdammten, depperten Eifersucht an. Nicht nur, dass sie uns auseinandergebracht hat, sie hat mich schon immer gestört. Ich musste nur einen Kerl länger als nötig ansehen und du bist schnippisch geworden.« Thore holte Luft. »Die Diskussionen, die wir manchmal geführt haben, waren so anstrengend und drehten sich im Kreis. Ich konnte sagen, was ich wollte, du hast mir nicht geglaubt. Auch wenn du mir was anderes gesagt hast. Ich konnte es in deinen Augen sehen.«

Nils senkte den Kopf, sah betroffen und geschlagen aus und räusperte sich. Vielleicht hätte Thore nicht so hart sein sollen, aber Nils wollte alles auf den Tisch bringen und das gehörte dazu.

»Gut, ich gebe zu, das mit Birk ist echt scheiße gelaufen und hätte nicht sein müssen. Vor allem, weil ich ihm hin und wieder mit einer neckischen Antwort gekontert habe. Aber ich wollte nie jemand anderen als dich.«

Nils blickte auf seine Hände, die er im Schoß knetete.

»Ich weiß.«

»Aber warum, Nils? Du wusstest doch, dass ich dir treu bin, dass ich dir nicht von der Seite weichen wollte, nur mit dir zusammen sein wollte.«

»Ehrlich jetzt?« Nils blickte auf und sah Thore an, als ob er das nicht selbst wissen müsste. »Hast du dich mal angesehen und dagegen mich? Du bist so wunderschön. Deine dunkelblonden Haare, mit den zwei Wirbeln, die sie immer so natürlich wuschelig aussehen lassen. Dazu deine Terence-Hill-Augen, die einen so intensiv anschauen, als ob du deinem Gegenüber bis in die Seele schaust. Dein gut gebauter Körper ohne auch nur ein Gramm Fett. Diese breiten Schultern, auf denen man das Gefühl hat, alles abladen zu können. Und deine Lippen, die einen anschreien: Los, küss mich.«

Natürlich wusste Thore, dass er nicht hässlich war und sowohl auf Frauen als auch Männer einen Reiz ausübte, manchmal damit spielte. Allerdings hatte er sich nie in so einem Licht betrachtet, wie Nils. Das streichelte sein Ego. Vor allem in seinem derzeitigen Zustand.

»Das ist nur ein Körper. Der ist vergänglich. In wahrscheinlich dreißig Jahren sehe ich nicht mehr so aus.«

»Es ist doch nicht nur das. Du bist meistens immer gut gelaunt und so extrovertiert. Ich kenne keinen, der so schnell Freunde findet wie du.« Nils holte tief Luft. »Ich hingegen brauche gegenüber Fremden ewig, bis ich auftaue und von mir erzähle.«

»Echt jetzt?« Thore wusste nicht, was er sagen sollte. Er war sehr gerührt über die Worte von Nils über sich.

»Ich dachte, ich werde irgendwann langweilig für dich. Ich bin ein Büchernerd und langweiliger Finanzbeamter, der nur mit dem Sport begonnen hat, weil er dich kennengelernt hat.«

»Oh Nils. Was für verquere Gedanken. Du warst nie langweilig für mich. Ja, man muss dich erst kennenlernen, aber wenn du dich erst einmal öffnest, erkennt man deinen feinen Humor, deine Ideen und wenn du für etwas brennst, dann ganz und gar. Du machst keine halben Sachen.«

Nils kratzte sich am Hinterkopf. »Allerdings. Und das nicht immer zum Guten.« Er nahm sich ein Blatt Papier und einen Stift und schrieb groß in Rot ‚Eifersucht – in Griff bekommen‘ darauf. Schnappte sich den Tesafilm, stand auf und klebte es an die Wand.

»Ich habe nur keine Ahnung, wie ich das hinbekommen soll«, gestand er, als das Blatt hing. Er setzte sich wieder hin und sackte in sich zusammen.

»Ich auch nicht. Aber da finden sich vielleicht ein paar Lösungswege im Internet.« Eventuell eine Therapie? Nur das sprach Thore nicht aus. Wenn Nils im Internet nach Vorschlägen suchte, stieß er darauf. Außerdem wäre es die letzte Lösung. Vielleicht halfen die Möglichkeiten, die er fand.

»Gute Idee. Das werde ich mal nachlesen.« Nils betrachtete das Blatt und Thore hätte einen Penny für seine Gedanken gegeben.

»Weißt du noch, als wir auf der Kirmes in unserem dritten oder vierten Jahr waren?« Nils griff sich ein Kissen und drückte es sich an die Brust. »Irgendein Typ, den Malte anschleppte, hat mich angesprochen, dass du doch unglaublich heiß wärst und

ich mich glücklich schätzen könnte, dass du mein Freund bist.«
Nils lächelte verschmitzt.

»Oh ja.« Thore grinste, erinnerte sich an die Situation. Er
hatte es am Rande mitbekommen und in Sekundenbruchteilen
beschlossen, sich mit dem Typen einen Scherz zu erlauben. »Ich
bin zu ihm hin und habe gesagt: Ich bin nicht sein Freund.«

»Wie hat er da breit gelächelt. Du musstest ihm all seine
Träume nehmen. Der sah sich bestimmt schon mit dir im Bett.«

»Hihi, der Gesichtsausdruck, als ich ihm gesagt habe, ich
wäre dein Mann. Der war Gold wert.«

»Definitiv und dich dann noch vor ihm zu küssen. Dem ist
fast alles aus dem Gesicht gefallen.«

Sie lachten bei der Erinnerung. Dabei fiel Thore etwas ein,
das er erst nach der Trennung zu schätzen gelernt hatte.

»Du hast immer geplant für uns. Die Termine auf dem Lau-
fenden gehalten und mich an alle Geburtstage erinnert.« Thore
dachte an das erste Jahr nach der Trennung. Ständig war er
zu spät gewesen oder hatte tagelang vergessen, seinen Freunden zu gratulieren. »Ich habe das immer als selbstverständlich
genommen. Bis ich mich wieder selbst drum kümmern musste.«

»Hab ich gerne gemacht.«

»Weiß ich und das war auch gut so.« Thore griff nach der
Flasche, die Nils noch nicht ausgetrunken hatte und trank, wie
er direkt daraus. »Nur manchmal war es mir zu viel. Dann
hätte ich gerne mal einen Sonntag kuschelnd auf dem Sofa
verbracht.«

»Wirklich? Ich dachte immer, du wolltest unterwegs sein.«
Nils sah ihn überrascht an und Thore schmunzelte.

»Ich habe nichts gesagt, weil ich dir den Spaß am Planen
nicht nehmen wollte.«

»Du hast das sechs Jahre ertragen, obwohl du keine Lust dazu hattest?«

»Die hatte ich, keine Frage. Aber manchmal hättest du gerne einen Gang zurückschalten können.«

Nils nickte, nahm einen Zettel, schrieb es auf und hängte es neben den anderen.

»Im Alltag muss natürlich ein wenig Planung sein, sonst hätten wir uns nicht oft gesehen unter der Woche. Aber nicht jede noch so freie Minute.«

»Dachte halt, dass uns auf Dauer nicht langweilig wird.«

»Boah Nils, du hattest sogar Zeiten für Sex freigehalten. Meinst du nicht, dass das schon sehr überspitzt ist?«

»Vielleicht, ein bisschen.« Nils kratzte sich wieder am Kopf. Dann grinste er. »Nicht nur ein bisschen. Weniger Zeit verplanen und besser auf den Partner eingehen. Notiert.«

»Du hast noch nicht notiert, dass ich es schön finde, wie du zeitlich und terminlich alles im Griff hast.«

Nils sah Thore mit einem merkwürdigen Blick an.

»Was?« Thore runzelte die Stirn und wusste nicht, was Nils von ihm wollte. Hatte er etwas Falsches gesagt?

»Du meintest, wie schön du es gefunden hast und alles im Griff hattest, oder?« Nils betonte besonders die Vergangenheitsformen.

»Oh«, entfuhr es Thore. »Natürlich.«

Nils schrieb es auf einen Zettel und hängte ihn auf. Dabei gab sein Magen ein Geräusch von sich und er lächelte.

»Was hältst du davon, wenn wir essen? Ich habe Hunger.«

»Kein Wunder, nichts im Magen und Laufen gewesen.«

Nils lief rot an. »Tut mir leid, wie der Morgen gelaufen ist und du mitbekommen musstest, wie ich ...«

»Schon gut. Am besten reden wir über den Teil nicht mehr.«
Thore verzog das Gesicht bei der Vorstellung, wie Nils vor der Toilette hing.

»Ich kann mich nur wiederholen und mich entschuldigen. Auch wenn das nicht ausreicht«, flüsterte er, und die gute Stimmung von eben kippte. Thore wusste nicht, was er darauf sagen sollte und schwieg.

Irgendwann musste er Nils offenbaren, wie sehr er ihm das Herz gebrochen hatte. Aber nicht jetzt. Er bestrafte sich selbst genug.

»Ab in die Küche. Ich helfe dir beim Schnippeln«, sagte Thore stattdessen.

Kapitel 7

»Draußen ist bestimmt schön warm, so wie die Sonne scheint«, sagte Thore, nachdem sie mit dem Essen fertig waren und Nils Ordnung in der Küche geschafft hatte. Sie hatten die Terrassentür geöffnet und das Vogelgezwitscher drang zu ihnen ins Haus.

»Ja. Für April sogar schon fast zu warm.«

»Wollen wir uns raussetzen? Ich lag in den letzten Wochen nur im Bett.«

Nils hörte den sehnsüchtigen Ton in Thores Stimme und da er während seines Laufs beschlossen hatte, Thore den Aufenthalt so angenehm wie möglich zu machen, würde er versuchen, ihm jeden umsetzbaren Wunsch zu erfüllen.

»Sehr gerne. Ich hole die Sonnenliegen aus dem Gartenhäuschen, dann kannst du dich vernünftig hinlegen.« Nils erhob sich und trat durch die Glastür auf seine Terrasse. Sie war mit transparentem Wellblech überdacht und die Wärme der Sonne sammelte sich darunter. Im Sommer konnte es heiß werden, aber im April genoss er es.

Lächelnd zog er sich seine Schuhe und Socken aus und ging barfuß über den Rasen. Der Boden war warm von der Sonne und die frischen Halme kitzelten seine Fußsohlen. Er liebte das. Im Sommer lief er zu Hause nur barfuß.

Nils zog die Liegen aus dem Gartenhäuschen, die über den

Winter verstaubt waren. Spinnen hatten sich zwischen den Streben der Kopflehne häuslich niedergelassen.

»Tja, liebe Susis«, so nannte Nils alle Krabbeltiere, »ihr müsst euch leider neue Netze spinnen.«

Die Liegen platzierte er nebeneinander mitten auf dem Rasen. Dort erreichte der Schatten sie nicht. So konnten sie lange die Sonne genießen. Durch die Hecke, die um den Garten verlief und vor denen sich seine Beete befanden, waren sie unsichtbar für die Bewohner der Nachbargrundstücke.

Nicht, dass er ein Problem mit ihnen gehabt hätte. Im Sommer saßen sie oft abends vor einem der Häuser zusammen und tranken ein Mauerbierchen. Aber heute wollte er seine Ruhe haben, sich auf Thore konzentrieren und Wiedergutmachung betreiben. Ihm zeigen, wie ernst er es meinte mit seiner Entschuldigung. Er verarbeitete noch immer, was er vor drei Jahren kaputtgemacht hatte, und konnte nicht glauben, wie verbohrt er gewesen war. Wie falsch er die Zeichen gelesen hatte. Sein Entschluss, sich seiner Eifersucht zu stellen und sie zu durchbrechen wuchs weiter an.

Jedes Mal, wenn er daran dachte, zog sich sein Magen zusammen. Aber immerhin behielt er sein Essen bei sich. Das Wissen, dass er an ihrer Trennung schuld war, nahm ihm die Luft zum Atmen. Es war Nils schleierhaft, wie Thore es mit ihm in einem Raum aushielt.

Gedankenverloren wischte er die Liegen ab und holte die Polster hervor, klopfte sie aus und legte sie darauf.

Wenn Thore sich nicht darauf eingelassen hätte, säße Nils wahrscheinlich heulend in seinem Schlafzimmer. Aber ihre Gespräche lenkten ihn ab. Außerdem lernte er dabei einiges. Zumindest hoffte er das.

Überrascht hielt Nils inne. Das Kopfteil einer Liege in der Hand, das er hochstellen wollte. Flatterte sein Herz beim Gedanken an Thore? Shit, das sollte nicht passieren. Er konnte von Glück reden, dass Thore noch mit ihm sprach. Wut auf ihn selbst flammte in seinem Bauch wieder auf. Er würde auf jeden Fall heute Abend, sobald er Zeit hatte, im Internet nachlesen, wie er seine dämliche Eifersucht loswerden konnte. Zumindest in den Griff bekam. Er schluckte seine Wut hinunter. Wollte ihr keinen Raum geben, sondern sich auf einen entspannten Nachmittag mit Thore im Garten freuen.

Als Nils alles fertig hatte, half er Thore nach draußen und auf eine Liege.

»Ist das nicht herrlich? Ich wusste schon gar nicht mehr, wie sich Sonne auf der Haut anfühlt.« Thore lehnte sich gegen das Kopfteil der Liege und schloss die Augen. Ein Lächeln legte sich auf seine Lippen.

»Ich hole uns mal lieber Sonnencreme, sonst sehen wir heute Abend wie gekochte Hummer aus.«

»Du vielleicht, ich nicht.«

»Darf ich dich an unseren Urlaub auf Mallorca erinnern? Du warst knallrot nach unserem Strandtag, trotz Creme.« Nils erlaubte sich ein Grinsen und verschwand ins Haus, kramte in den Schränken im Badezimmer, bis er die Tube gefunden hatte. Sie schüttelnd, gesellte er sich wieder zu Thore.

»Halt mal bitte deine Hand auf«, bat Nils, setzte sich seitlich auf seine Liege und öffnete mit einem Klacken die Tube.

»Bitteschön.«

Nils drückte einen größeren Klecks auf Thores Hand und dann auf seine eigene, stellte die Tube beiseite und verrieb die Sonnencreme.

»Na los, creme dich ein. Das Gesicht, den Nacken und die freien Arme. Ich beobachte dich dabei, ob du sie auch überall verteilst und nicht nur so tust.« Während er Thore zusah, wie er die weiße Creme verteilte, tat er dasselbe bei sich.

»Zufrieden?«, fragte Thore und reckte ihm sein Gesicht entgegen. Nils unterdrückte ein Grinsen. Überall waren weiße Flecken und Thore machte einer Giraffe Konkurrenz.

»Was?«, fragte Thore.

»Du bist gefleckt.«

»Dann mach es weg.«

»Sicher?«

Thore verdrehte die Augen. »Schlimmer als heute Morgen kann es doch nicht mehr werden.« Leichte Röte überzog sein Gesicht und Nils lachte.

Er beugte sich vor und verstrich sanft auf beiden Wangen die weißen Flecken. Alles in ihm kribbelte, wie beim Duschen. Als ob seine Hände sich an Thore erinnerten und diese Information an den Rest seines Körpers weiter leiteten.

Ihre Blicke trafen und verhakten sich. Nils Herz schlug schneller, seine Finger verharrten auf Thores Gesicht.

Ohne nachzudenken, überbrückte Nils den Abstand zwischen ihnen und legte seine Lippen auf Thores. Vorsichtig küsste er ihn und es war wie nach Hause kommen. Ein Zuhause, das er lange vermisst und seit Ewigkeiten gesucht hatte. Diese weichen Lippen, die unter seinen nachgaben, seinen Kuss erwiderten und doch unnachgiebig waren. Thores Hände griffen in sein Shirt, zogen ihn näher zu sich.

Der Kuss wurde intensiver, ihre Zunge spielten miteinander, erkannten sich wieder und waren trotzdem zaghaft, als konnten sie nicht glauben, was passierte. Aus Angst, sich doch zu weit vorzuwagen und mehr zu nehmen, als der andere bereit war zu geben.

Auf einmal wurde Nils bewusst, was er tat und er riss sich von Thore los. Der Nebel, der sein Bewusstsein in Beschlag genommen und jedwedes Denken verhindert hatte, verzog sich und hinterließ ein mieses Gefühl des Ausnutzens der Situation. Und gleichzeitig schwebte der Hauch der tollen Empfindung des Kusses darunter.

Nils stand abrupt auf, trat mehrere Schritte zurück und lief vor den Liegen auf und ab. Atmete heftig und drohte zu hyperventilieren. Es übermannte ihn. Der Kuss, Thores Nähe und sein Verrat an ihm.

»Nils?«, drang Thores Stimme wie von fern und durch Tausende Lagen von Watte an ihn heran. »Alles in Ordnung?«

Er zwang sich, langsamer ein- und auszuatmen. Doch sein Puls ließ sich nicht beruhigen, raste weiter. In seinen Ohren rauschte es und er hätte sich in den Arsch treten können.

»Es tut mir leid. Ich hätte das nicht machen sollen«, brachte Nils stammelnd hervor und verschränkte seine Hände am Hinterkopf, während er weiterhin vor Thore auf und ab tigerte. »Ich mache alles schlimmer.« Er konnte Thore nicht in die Augen sehen und blickte stur auf den Boden vor ihm. Hatte Angst davor, wie Thore ihn ansehen würde. Voller Abscheu? Schmerz? Wütend?

»Ich habe es auch gewollt«, erwiderte Thore. »Nils, sieh mich an.«

Nils hörte nicht auf Thore, die Worte rauschten an ihm vorbei. Er hielt den Blick weiterhin gesenkt und wanderte einen Pfad in das frische und von der Sonne gewärmte Grün.

»Anstatt mich von dir fernzuhalten, mache ich da weiter,

wo ich vor drei Jahren aufgehört habe. Entscheide über deinen Kopf hinweg aus einem Impuls heraus und küsse dich.« Nils fuhr sich durch seine Haare.

»Nils!«, rief Thore. »Sieh mich gefälligst an.«

Nils blieb stehen. Hob langsam den Kopf und schluckte. Fand Thores Blick, der ihn nicht verletzt oder böse ansah, sondern ... neutral. Etwas anderes fiel Nils dazu nicht ein und Erleichterung durchströmte ihn.

»Ich habe es auch gewollt. Ich hätte dich wegstoßen können, habe es aber nicht gemacht. Stattdessen bin ich voll drauf eingestiegen.«

»Es tut mir so leid.«

»Hör endlich auf dich zu entschuldigen.« Thore atmete tief durch, hatte wieder seine undurchdringliche Maske aufgesetzt. Nur seine Ohren bewegten sich kaum merklich und Nils wusste, wie aufgewühlt Thore sein musste. Er konnte nicht einschätzen, ob gut oder schlecht.

»Ich weiß nicht, wohin das hier alles führen wird, aber ich mag die Idee, dass wir unsere gemeinsamen sechs Jahre aufarbeiten. Du hast vorhin etwas von verzeihen gesagt. Keine Ahnung, ob ich das kann oder schon habe oder ...« Thore hielt inne, sein Blick wurde weich und ein trauriger Zug legte sich um seine Lippen. »Aber hör endlich auf, dich ständig zu entschuldigen. Du hast dich genug gequält.« Thore stellte seinen gesunden Fuß auf dem Rasen ab und veränderte seine Sitzposition. »Die Vergangenheit ist nun mal passiert und wir können sie nicht ändern. Aber wir können entscheiden, wie wir in Zukunft mit dem Geschehenen umgehen und ich finde, dein Weg ist ein guter Anfang.«

»Wie kannst du das nur sagen?« Nils trieb es die Tränen in

die Augen und er blinzelte gegen sie an. »Du hast meinetwegen so viel ertragen müssen und bist nun so verständnisvoll und total lieb.« Er wusste, dass er an Thores Stelle anders damit umgegangen wäre. Nicht so freundlich und nachsichtig. Zu gut erinnerte er sich an seinen gestrigen Vorsatz, Thore nur das Nötigste zukommen zu lassen. »Vor drei Jahren habe ich das Recht verwirkt, dich zu küssen und dir nah zu sein.«

»Was soll ich sagen? Ich liebe dich noch immer.« Thore hob die Unterarme in einer hilflosen Geste und ließ sie wieder sinken. »Und du hast gar nichts verwirkt. Ich wollte diesen Kuss ebenso wie du. Rede das nicht klein, Nils. Rede dich nicht klein.«

So schlicht und vielsagend. Dann stutzte Nils und sein Herz setzte einen Schlag aus, bevor es erneut anfing zu rasen und in seinem Bauch flatterten die ersten Schmetterlinge. Hatte Thore gesagt, dass er ihn noch liebte? Oh mein Gott. Musste er darauf etwas sagen? Wie konnte Thore so was raushauen, nachdem Nils ihn geküsst hatte? Er hätte durchdrehen müssen. Nils' Lippen zitterten und er setzte sich im Schneidersitz auf den Rasen. Das musste er erst mal verdauen.

»Du bist halt in allen Lebenslagen konsequent.« Thore beobachtete Nils eine Weile, der stumm da saß, die Hände im Schoß gefaltet und den Rasen anstarrte. Das Gesagte verarbeitete und überlegte, wie sie jemals wieder normal miteinander umgehen konnten. Und sich kurz erlaubte, weiterzudenken.

Hatten sie die Möglichkeit zu einer zweiten Chance? Ob Thore sie je zuließ? Seit heute Vormittag untersagte er sich das Was-Wäre-Wenn Spiel. Was wäre passiert, wenn er vor drei Jahren Thore angesprochen hätte? Er hatte es oft durchgespielt und das unter falschen Voraussetzungen. In seinem Kopf wirbelte alles durcheinander.

»Gehst du gleich wieder laufen?«, durchbrach Thore nach einer Weile die Stille.

»Nein.« Nils schüttelte den Kopf. »Ich versuche, Was-Wäre-Wenn nicht zu spielen.«

Thore lächelte. »Das ist sehr verfänglich.«

»Wie kann ich erwarten, dass du mir verzeihst, wenn ich es nicht mal bei mir kann?«, brach es aus Nils heraus. »Ich bin so ein verbohrtes Arschloch, das mit einem ständigen Tunnelblick durch die Gegend rennt. Wir hätten vielleicht schon längst eine Familie sein können. Wären längst Eltern.« Nils versagte die Stimme. »Wie konnte ich dich damals nur so ignorieren?«

»Du bist kein Arschloch und du schaust durchaus über den Tellerrand. Du bist du. Du hast Zeichen gedeutet und daraus deine Schlüsse geschlossen. Das hätte jedem passieren können. Und du warst so verletzt. Ich kann das sogar nachvollziehen.« Thore veränderte erneut seine Position und verzog leicht das Gesicht.

»Hast du Schmerzen?«, fragte Nils sofort besorgt.

»Es geht. Ich muss nur etwas flacher atmen. Dann reizt das nicht die Rippen.«

Nils nickte und kehrte zu ihrem Thema zurück. »Es wird immer zwischen uns stehen, oder?«

»Ich weiß es nicht.« Aus Thore Stimme klang Traurigkeit mit und in Nils erstarb die aufkeimende Hoffnung auf eine zweite Chance.

Erneut verfielen sie in Schweigen. Nils rupfte Grashalme aus dem Rasen und schnippte sie fort. Sah ihnen hinterher. Die Vögel zwitscherten fröhlich ihr Lied in den Bäumen, während sich die Stille zwischen ihnen schwer über sie senkte.

»Also wenn du so weitermachst, hast du den Rasen in zehn

Jahren gemäht«, scherzte Thore nach einer Weile und lachte leise. Nils Mundwinkel hoben sich sachte nach oben.

»Ein Versuch war es wert.« Dankbar, dass Thore versuchte, die Stimmung aufzuheitern, ging er darauf ein. Sein Gedankenkarussell war nicht mehr so schnell unterwegs.

»Gib Bescheid, wenn du es geschafft hast. Das wäre mal eine lautlose Variante und ich muss nicht jeden Samstag von April bis Oktober Rasenmäherlärm ertragen.«

»Sobald ich es zum Patent angemeldet habe, werde ich eine Anzeige in die Zeitung setzen.« Nils betrachtete Thore. Schon gestern war ihm aufgefallen, dass seine Stirn mehr Falten aufwies, aber das machte ihn in seinen Augen erfahrener und dazu sexy. Thore hatte gelitten und es überstanden. Sowohl seelisch als auch körperlich und Nils Herz wurde schwerer. Er fühlte sich mitverantwortlich daran. Doch er versuchte, Thores Rat anzunehmen, und schob seine Schuldgefühle beiseite. Ansonsten hätte er sich nur wieder entschuldigt.

»Ich hasse es, wenn du mit dem Motorrad zur Arbeit fährst. Jedes Mal hoffe ich, dass deine Arbeitskollegen die Maschine in die Müllverbrennung werfen, sobald du das Gelände betreten hast«, sagte Nils und merkte erst, dass er nicht in der Vergangenheit sprach, als er fertig war. Aber er korrigierte sich nicht. Er hasste, was die Höllenmaschine Thore angetan hatte.

»Du weißt schon, dass ein Motorrad nicht dort reindarf, oder?« Thore grinste, wurde dann aber ernst. »Ich bin ein vorsichtiger Fahrer. Sogar wenn ich zur Arbeit fahre.«

»Ja. Trotzdem ist das für mich eine Höllenmaschine.« Nils verkniff es sich den nächsten Satz auszusprechen, der ihm in den Sinn gekommen war. Thore musste schließlich mit seinem Unfall seit fast sechs Wochen leben.

»Das Motorradfahren wird sowieso für längere Zeit nicht möglich sein. Erst mal muss ich gesund werden. Und dann mal sehen.« Thore seufzte und lehnte sich gegen die Liege.

Nils hörte die Zweifel heraus. Hatte Thore etwa Angst davor, wieder auf den Bock zu steigen? Das konnte er sich gar nicht vorstellen, Thore hatte selten Angst oder zeigte sie nicht.

Nils würde einen Teufel tun, das auszusprechen. Das war etwas, das Thore mit sich ausmachen musste und nur wenn er mit ihm darüber sprechen wollte, würde er etwas dazu sagen. So schwer es ihm fiel, Thore war nicht mehr sein Freund und er hatte die Klappe zu halten. Nils war sich nicht mal sicher, wie sie zueinanderstanden. Vielleicht fanden sie das die nächsten Tage heraus.

»Schreib das auf. Das gehört an die Wand«, forderte Thore Nils auf und scheuchte Nils mit seinen Armen auf.

Nils lachte, froh, dass sie wieder minimale Leichtigkeit in ihr Gespräch bekommen hatten und die Stimmung sie nicht mehr erdrückte.

»Ich hole schnell das Papier und die Stifte.«

»Gut so. Und bring was zu Trinken mit. Ich habe Durst.«

Kapitel 8

Karsamstag

»Was glaubst du denn, warum ich mich auf einmal mit den Jungs immer donnerstags getroffen habe?« Thore zuckte mit den Schultern. »Und da du deinen festen Zeitplan hattest, wusste ich, dass du den nicht verlegen wirst.« Wie damals hatte er auch heute kein schlechtes Gewissen deswegen. Er ruckelte sich auf dem Sofa zurecht.

Seitdem Frühstück saßen sie wieder zusammen und die Zettel an der Wand nahmen zu. Sowohl auf der negativen als auch auf der positiven Seite.

Gestern hatten sie bis zum Abend im Garten gesessen und miteinander gesprochen, zwischendurch gelacht und gescherzt. Über den Kuss versuchte Thore so wenig wie möglich nachzudenken. Er hatte ihn aus dem Konzept gebracht. Thore hatte nicht damit gerechnet und ihn trotzdem begrüßt, als er kam. Zeigte es ihm doch, dass Nils anscheinend dasselbe für Thore empfand wie er für Nils. Den Abend hatten sie gemütlich mit einem Film ausklingen lassen.

»Du willst also sagen, dass du deinen Aikido-Kurs extra auf Donnerstag gelegt hast, damit du nicht mit putzen musst?«, fragte Nils und starrte ihn fassungslos an. Thore grinste schief und zuckte mit den Schultern.

»Ich hatte keine Lust mehr, ständig darauf hingewiesen zu werden, dass ich die Ecken rund sauge oder wische, die Wäsche nicht richtig wasche oder sonst was. Es war nie gut genug.« Erschöpft strich sich Thore über sein Gesicht. Das Aufarbeiten war anstrengender als gedacht. Ehrlichkeit war es ebenso. Zu sehen, was das Gesagte mit Nils oder ihm machte, Seiten anrührte und man sich damit auseinandersetzen musste, war zerrend. Und er konnte nicht weglaufen. Vor sich selbst schon mal gar nicht. Aber wann bekam man schonungslos einen Spiegel vorgehalten? Dabei hatten sie sich freiwillig dazu entschieden. Thore gewann dem positive Seiten ab und nahm einiges für sich mit. Zum Beispiel, Dinge direkt anzusprechen und nicht vor sich herzuschieben.

Er war sich der Ausmaße, die das Ganze hier annahm, nicht bewusst gewesen, als er zugestimmt hatte. Aber nun war er froh, dass sie in Ruhe, ohne Störungen und ohne dass eine weitere Person dabei war, ihre Geschichte aufarbeiten konnten.

Wobei Thore die Vermutung hegte, dass Nils sich zurückhielt. Er machte sich ein gedankliches Memo, es anzusprechen.

»Anstatt das zu sagen, hast du einfach den Kurs umgelegt?«

»Die Jungs hatten nichts dagegen und wenn ich etwas gesagt hätte, wärst du mir mit irgendwelchen Allergien oder sonst was gekommen, die wir uns einfangen könnten. Schon mal überlegt, dass man sich das erst recht durch übertriebenen Frühjahrsputz jede Woche holen kann?«

»Ich wollte es doch nur schön und sauber haben«, hielt Nils dagegen.

»Schon klar, aber alle zwei Wochen ordentlich putzen hätte

auch gereicht. Jeder, der uns besucht, hat bestimmt kein Problem damit, wenn mal etwas Staub liegt.«

»Besucht hat«, korrigierte Nils ihn.

»Fuck.« Thore schüttelte den Kopf. Das passierte ihnen ständig, als ob sie mitten in einer Beziehung steckten. Anscheinend hatten sie sie trotz der dreijährigen Trennung nicht überwunden. Gerade als er etwas erwidern wollte, klingelte sein Handy. »Meine Mutter. Ich muss mal rangehen. Sie weiß noch gar nicht, dass ich nicht mehr im Krankenhaus bin.« Das schlechte Gewissen überfiel ihn. Er hätte ihr längst Bescheid geben sollen.

Nils nickte und Thore nahm das Gespräch an.

»Grüß Gott, Mama«, begrüßte Thore seine Mutter, verfiel automatisch in seinen heimatlichen Dialekt, wie immer, wenn er mit seiner Mutter sprach und genoss es, den Singsang auf seiner Zunge zu spüren.

»Grüß Gott, Thore. Warum geht der Anschluss im Krankenhaus nicht mehr?« Der schwäbische Dialekt seiner Mutter kroch durch das Telefon und zauberte Thore ein Lächeln aufs Gesicht. Er liebte ihn, hatte ihn sich mühsam abtrainiert, als er vor fast zehn Jahren in die Lüneburger Heide nach Jaselsdorf gezogen war. Sie hatten ihn kaum verstanden und mussten ständig nachfragen, was er gesagt hatte. Hin und wieder vermisste er ihn. Vor allem, wenn ihm ein typisch schwäbisches Sprichwort über die Lippen kam und seine Freunde oder Kollegen ihn merkwürdig ansahen.

»Weil ich nicht mehr dort bin«, gab Thore zu und verzog sein Gesicht.

»Was? Wieso? Wo bist du? Alleine zu Hause?« Ihre Sorge in der Stimme war unüberhörbar und steigerte Thores schlechtes Gewissen.

»Nein, das ginge noch gar nicht.« Thore holte tief Luft, sah Nils an, der ‚Haushalt Haushalt sein lassen' auf einen Zettel schrieb und ein paar Stichpunkte darunter. Er war sich nicht sicher, wie seine Mutter auf das Kommende reagieren würde und hatte den Anruf deswegen vor sich hergeschoben. »Ich bin bei Nils.«

Schweigen breitete sich am anderen Ende aus.

»Seid ihr wieder zusammen?«, fragte seine Mutter nach einer gefühlten Ewigkeit und Thore fühlte sich erdrückt von der besorgt klingenden Stimme. Er erinnerte sich, was Linda bei seiner Verabschiedung im Krankenhaus gesagt hatte. Seine Mutter musste gehört haben, dass er über Nils gesprochen hatte. Sie war die kompletten ersten zwei Wochen nach dem Unfall bei ihm gewesen.

»Nein.«

»Was machst du denn da? Er hat dir das Herz gebrochen und nicht mal den Anstand gehabt, es dir zu erklären.« Die Stimme seiner Mutter klang hart.

»Ich weiß, Mama. Ich war hautnah dabei. Aber ich wusste nicht, wen ich sonst hätte anrufen sollen. Es war ein Versuch, um aus dem Gefängnis rauszukommen.« Thore blickte zu Nils, fing seinen Blick auf, aus dem erneut Entschuldigung und Traurigkeit sprach. Wie gerne hätte er Nils das erspart, aber er mochte ihn nicht aus dem Zimmer schicken. Thore hatte nichts zu verbergen und er wollte kein Geheimnis aus dem Gespräch machen. Was aus dem Nichtreden geworden war, erlebten sie gerade.

»Schatz, ich möchte doch nur, dass er dir nicht wieder wehtut. Du hättest uns doch anrufen können.«

»Mama, ich bin fünfunddreißig Jahre alt und durchaus in

der Lage, eigene Entscheidungen zu treffen. Außerdem wollte ich nicht, dass ihr das Osterfest verpasst.«

Seufzen am anderen Ende. »In Ordnung. Ruf mich an, wenn du Hilfe benötigst.«

Thore lächelte, wohlwissend, wie schwer seiner Mutter das Zugeständnis gefallen war. Er beobachtete Nils dabei, wie er den Zettel an die Wand hängte.

»Mach ich.«

»Habt ihr wenigstens geredet?«

»Ja, haben wir.«

»Und?«

»Tut mir leid, Mama, aber das ist etwas zwischen Nils und mir und für keine anderen Ohren bestimmt.« Erneut fanden sich ihre Blicke und ein zartes Lächeln zeichnete sich auf Nils' Lippen ab.

»Woher wusste ich nur, dass du das sagen wirst?« Sie hielt inne und Thore hörte die Stimme seines Vaters im Hintergrund, konnte aber nichts verstehen. »Dein Vater sagt, er kommt dich abholen.«

Thore schloss kurz die Augen und atmete tief ein. Das fehlte ihm noch. In seinem Zustand eine lange Autofahrt und die Vorhaltungen seiner Mutter, warum er zu Nils gefahren war. Er wollte das hier machen und zu Ende führen und vor allem sehen, wohin es ihn und Nils bringen würde.

»Nein, ich bleib hier und Punkt. Nein, Ausrufezeichen. Ihr kommt wie geplant in zwei Wochen wieder hoch.« Thore grinste, als er das gesagt hatte, und stellte sich vor, wie seine Eltern die Landkarte nach oben fuhren.

Erneutes Seufzen, dann sprach seine Mutter mit seinem Vater. »In Ordnung. Papa lässt dich grüßen und melde dich.«

»Ja, Mama und Grüße zurück. Bis die Tage und schöne Ostern.«

»Dir auch schöne Ostern. Ade.«

Thore legte das Telefon beiseite.

»Deine Eltern sind nicht begeistert, dass du hier bist, oder?« Nils hatte sich aufs Sofa gesetzt, spielte mit dem Tesafilmabroller. Er wirkte wie ein Häufchen Elend und Thore hätte ihm gerne den Elendsumhang abgenommen und ihn auf einem großen Haufen im Garten verbrannt. Mit all den schlechten Gefühlen. Wie herrlich wäre das.

Thore schüttelte den Kopf. »Du hast mit deiner Trennung nicht nur mir das Herz gebrochen.«

Nils nickte traurig. Thores Eltern und Nils hatten immer ein gutes Verhältnis, sie mochten sich. Aber das hatte er sich durch Thores Rausschmiss verspielt. Thore wusste, dass es ewig dauern konnte, bis sie Nils wieder in ihrer Mitte aufnehmen würden.

Moment, worüber dachte er hier nach? Er hielt die Luft an und ein Prickeln breitete sich in ihm aus. Sie waren nicht erneut zusammen, rief er sich in Erinnerung. Arbeiteten nur einiges auf. Trotzdem, sollte es dazu kommen, konnte es Jahre dauern, bis Nils das Vertrauen seiner Eltern wiedererlangt hatte.

Die sich ausbreitende Stille hüllte sie ein und drohte, sie zu erdrücken. So unbefangen sie zwischendurch miteinander umgehen konnten, so konnten sie nicht leugnen, dass etwas kaputtgegangen war und es nie wieder wie früher sein würde. Was Thore begrüßte und verfluchte. Wenn sie wie früher weitermachten, sprachen sie nicht über die wichtigen Dinge, aber konnte sich dieselbe Vertrautheit wieder einstellen? Eine vertrauensvolle Basis aufbauen?

»Was hältst du davon, wenn ich uns ein Osterlamm backe?«, schlug Nils vor, hob den Kopf an und Thore sah das erzwungene Lächeln. Es erreichte seine Augen nicht und der Vorschlag war bestimmt nur ein Grund, um aus der drückenden Stimmung auszubrechen.

Thore blickte Nils skeptisch an. »Du hasst alles, was mit irgendwelchen Feiertagen zu tun hat. Osterlamm ist definitiv etwas typisch Österliches.«

Nils zuckte mit den Schultern. »Ist ein Kuchen in Lammform. Ich kann es mal ausprobieren.«

»Und du hast eine Form da?«

»Meine Oma hat mir ihre geschenkt. Sie meinte, sie bräuchte sie nicht mehr und meine Mutter hat eine eigene. Also habe ich sie genommen.« Nils kratzte sich und nun erreichte sein Lächeln seine Augen, die die wohlbekannte Wärme ausstrahlten. »Du liebst alle Feiertage. Also, wie sieht's aus mit dem Osterlamm? Dann hast du wenigstens ein bisschen Ostern.«

»Okay.« Wärme breitete sich in Thores Bauch aus und er konnte nicht verhindern, dass sein Herz schneller schlug. Dieser Mann brachte es fertig, würde es wahrscheinlich immer tun. »Kann ich dir helfen?«

»Du kannst die Backform einfetten.«

Sie begaben sich in die Küche und ächzend ließ sich Thore auf dem Stuhl nieder. Hielt sich danach die Rippen und atmete flach, bis die Schmerzen vorbeizogen.

»Haben die Ärzte gesagt, wann es besser wird?«, fragte Nils ihn und auf seiner Stirn entdeckte Thore die besorgten Falten. Wie gern hätte er sie glatt gestrichen, aber erstens kam er nicht so schnell an sie heran und zweitens war Nils nicht mehr sein Freund.

»Bei einer schweren Prellung kann es wohl bis zu acht Wochen dauern. Aber es wird bereits besser.« Thore lachte bitter. »Mühsam ernährt sich das Eichhörnchen.«

»Und der Gips? Wann kommt der ab?«

»Nächste Woche wird wieder geröntgt und dann schauen wir weiter. Ich hoffe, er kommt bald ab. Er ist scheiße schwer.« Außerdem wollte Thore duschen, laufen und ohne Hilfe zurechtkommen. Er konnte nicht in Worte fassen, wie sehr er sich auf sein Bett freute, seine vertrauten Wände und Sachen wieder um sich zu haben.

Und dann fiel ihm auf, was ihn störte, seit er in diesem Haus war. Es war nicht nur das Fehlen der Bücherregale im Wohnzimmer oder dass dort kein Buch herumlag.

»Du hast überhaupt keine Bücher mehr rumliegen.« Thore sah zu Nils, der sich zu ihm umdrehte und am Kopf kratzte. Normalerweise hatte er ein Toilettenbuch, ein Wohnzimmerbuch und ein Unterwegsbuch. Ständig lagen sie überall herum. Thore zog die Stirn kraus. »Wenn ich mich recht erinnere, habe ich im gesamten Haus noch keine Bücher gesehen. Sind die alle jetzt in dem«, Thore hob seine Hände und deutete mit den Fingern Anführungszeichen in der Luft an, »geheimen Raum?«

Nils blickte Thore prüfend an, dann seufzte er. »Kannst du noch einmal aufstehen?«

»Klar.« Seine Rippen taten zwar weh, aber er war viel zu neugierig. Nils half ihm auf und sie verließen die Küche. Vor der Tür des Zimmers, in das Thore nicht durfte, blieben sie stehen. Nils atmete tief ein und öffnete die Tür. Abgestandene, staubige Luft kam ihnen entgegen.

»Das wird dich vielleicht etwas überraschen«, meinte er beim

Eintreten, ging zum Fenster und stellte es auf Kipp. Thore folgte ihm. Sah sich um ... und entdeckte Chaos. Er riss die Augen auf. Es standen nur ein Regal und ein Schreibtisch in dem Raum. In einer Ecke lagerten Kartons, die unberührt aussahen. Ein Kratzbaum und Katzenspielzeug lagen auseinandergebaut herum, Blumentöpfe und Blumenerde waren unter dem Doppelfenster deponiert, das zur Straße ging. Aber auch in diesem Raum konnte er keine Bücher entdecken.

»Liest du nicht mehr? Und zur Hölle hattest du eine Katze und hast festgestellt, dass sie Dreck macht und sie wieder weggegeben?«, fragte Thore, obwohl die Sachen neu und unbenutzt aussahen.

»Nein, ich möchte mir zwei ins Haus holen. Konnte mich nur noch nicht dazu durchringen. Aber immerhin habe ich schon mal alles Nötige gekauft.« Nils lächelte schief. Sie hatten nie über Tiere gesprochen, Thore hatte nicht darüber nachgedacht, von daher überraschte es ihn, dass Nils Katzen bei sich einziehen lassen wollte.

»Wo sind deine Bücher?«, fragte Thore irritiert, da er nicht wusste, warum sie in diesem Zimmer standen, das eher zu ihm passte denn zu Nils. Im Leben hätte er nicht gedacht, dass Nils einen chaotischen Raum in seinem Haus zulassen würde.

Nils trat zu den drei Kartons in der Ecke.

»Hier.« Nils öffnete einen und holte einen dicken Wälzer hervor. »Ich habe alle meine Bücher im letzten Jahr verkauft und nur die Schmuckausgaben behalten. Aber ich hatte noch keine Kraft, sie in ein Regal zu räumen.«

»Aber ...« Thore verschlug es die Sprache. »Du liebst das Lesen.«

Nils entwand sich Thores Blick und räumte das Buch zurück

in den Karton. »Ich lese auf dem E-Book-Reader. Der synchronisiert sich automatisch mit der App auf meinem Handy. So habe ich immer ein Buch bei mir.«

»Warum? Du hast dich doch immer dagegen gewehrt. Ich durfte dir nie einen schenken, weil du unbedingt ein Buch in der Hand halten wolltest.«

Traurig blickte Nils Thore an. »Mir ist der Spaß an haptischen Büchern verloren gegangen.«

»Aber wies...« Mitten in der Frage hielt Thore inne, als es ihm einfiel. »Weil ich dir deinen Lesestoff ausgesucht habe.«

Nils nickte nur und kniff die Lippen zusammen.

Sie hatten vor Jahren damit aus einem Spaß heraus begonnen, als Nils nach einem ausgelesenen Buch ewig vor seinem Regal gestanden hatte und sich nicht entscheiden konnte, welches er als Nächstes lesen sollte. Thore hatte sich irgendwann genervt erhoben und Nils eines herausgezogen, es ihm in die Hand gedrückt und gesagt: »Das liest du jetzt. Können wir endlich Sex haben?«

Seitdem hatte Thore entschieden, welches Buch als Nächstes dran war. Nils hatte bunte Schnipsel in seine Neuzugänge hineingesteckt, um anzuzeigen, welche Priorität er dem Buch gab. Rot stand für ‚will ich bald lesen und nehme es überall mit hin‘. Gelb war ‚in Ordnung‘, konnte im Wohnzimmer oder Küche gelesen werden. Braun war wenig erstaunlich für die Toilette. Wobei die Bücher, wenn sie doch besser waren, als Nils eingeschätzt hatte, Aufstiegspotenzial hatten und auf einmal im Wohnzimmer zu finden waren.

»Du hast es geliebt, dich überraschen zu lassen, welches Buch ich für dich auswähle«, flüsterte Thore und humpelte auf Nils zu. Es tat ihm fürchterlich leid, was für weitreichende Folgen ihre Trennung hatte. Ganz egal, wie es dazu gekommen war. Nils ohne haptische Bücher zu sehen war, als ob man ihm einen Arm amputiert hätte. »Du hast deine Bücher geliebt. Wenn auch nur ein kleines Eselsohr reingekommen ist, hat es dir fast körperlich wehgetan.« Thore verlagerte sein Gewicht auf sein gesundes Bein und nahm beide Krücken in eine Hand.

Dann streichelte er Nils über seine Wange, zögerte keine Sekunde, sondern handelte intuitiv, folgte seinem Herzen. Nils zuckte minimal zurück, bevor er sich in die Berührung lehnte. In seinen Augen funkelte die Sehnsucht nach mehr, zugleich eine tiefe Traurigkeit. Wie gerne wollte er Nils den Umhang der Traurigkeit abnehmen und ihn zu dem von gestern werfen. Der imaginäre Haufen wuchs mit jedem Tag. Was wäre das für ein tolles Osterfeuer. Es tat ihm in der Seele weh, Nils so niedergeschlagen und mit sich ringend zu sehen.

Thore fuhr unter Nils' Kinn und hob es mit dem Zeigefinger an. Strich mit dem Daumen über die Lippen und ein Kribbeln breitete sich in ihm aus, in seinem Bauch flatterte es heftig. Als ob er sich nochmals in Nils verliebte. In diesen neuen veränderten Nils, der in den letzten drei Jahren durch eine Hölle gegangen war, die er, wie er jetzt wusste, erschaffen hatte. Der gelernt hatte, dass man Fünfe gerade sein lassen konnte.

Die Frage war nicht, ob Thore ihm verzeihen konnte, sondern ob Nils sich verzeihen konnte. Thore war sich nicht sicher, wie er mittlerweile in der Beziehung zu Nils stand. Na gut, er wollte es sich nicht eingestehen, wollte nicht weiter darüber nachdenken. Er hatte Angst davor, welche Richtung das ihren Gesprächen geben würde.

Thore überfiel der Drang, die Traurigkeit aus Nils zu vertreiben. Er wollte ihn lachen sehen, seine Freude, wenn er ein Buch las oder sich um seine Pflanzen kümmerte. Wollte ihm nah sein, seinen entrückten Gesichtsausdruck sehen, wenn ein Orgasmus ihn übermannte. Wie sehr hatte er Nils vermisst, an manchen Tagen hatte es schier körperlich wehgetan. Aber wollte er mit dem jetzigen Wissen eine zweite Chance?

Dieses Mal war Thore derjenige, der seine Lippen auf die von Nils legte. Nils schmeckte genauso wie früher und sein Körper schien sich an alles zu erinnern, was sie miteinander geteilt hatten. Was diese Lippen mit ihm anstellen konnten. Er konnte nicht verhindern, was dieser Kuss in ihm auslöste, wollte es auch nicht. Wollte endlich wieder schweben, nicht darüber nachdenken, was passiert war, sondern sich dem Augenblick hingeben.

Nils trat näher, umschlang Thores Taille und öffnete seinen Mund. War der Kuss gestern vorsichtig, hatten sie heute alle Bedenken über Bord geworfen. Thore keuchte, als Nils ihm in die Oberlippe biss. Lust machte sich in ihm breit, sammelte sich in seiner Mitte und strömte in seinen Schwanz. Nils drückte sich an ihn. Zu heftig, zu schnell.

Thore wich stöhnend zurück, das Gesicht verzogen vor Schmerz. Er geriet ins Schwanken, als er den Halt verlor, sein Knie wegknickte und das Gipsbein, das er auf den Zehen abgestellt hatte, wegrutschte. In seinen Brustkorb stachen Hunderte von Nadeln gleichzeitig und er konnte kaum atmen. Seine Krücken fielen klappernd auf den Boden, als er sich haltsuchend an Nils Armen festklammerte.

Nur Nils rascher Griff um seine Hüften bewahrte Thore davor, dass er auf den Boden fiel.

»Ich hab dich, Hill«, sagte er wie gestern vor der Dusche. »Ich lass dich nicht mehr fallen. Nie mehr.«

Thore richtete sich auf. »Danke«, brachte er hervor, Schweiß stand auf seiner Stirn und er lehnte seinen Kopf gegen Nils Brust. »Hinlegen. Ich muss mich hinlegen.«

»Alles klar. Halt dich an den Kartons fest.«

Thore tat wie geheißen, schwankte leicht, als Nils seine Krücken aufhob und sie ihm hinhielt.

»Geht das? Oder soll ich dich tragen?«

Thore zog die Augenbrauen hoch. Er glaubte kaum, dass Nils ihn heben konnte. Schon gar nicht mit dem Gips.

»Das geht.« Außerdem war Thore sich nicht sicher, was schlimmer für seinen Brustkorb war: Getragen zu werden und kleine Erschütterungen zu ertragen oder zu versuchen, mit Krücken vorwärtszukommen.

Die Umlagerungen im Krankenhaus standen ihm deutlich vor Augen. So vorsichtig wie möglich hatten die Pfleger versucht, ihn auf ein neues Bett zu legen, wenn sie die Bettwäsche wechselten, aber trotzdem hatte es saumäßig geschmerzt. Also entschied er sich für die Krücken.

»Lass uns in dein Zimmer gehen. Der Weg ist nicht so weit wie ins Wohnzimmer.«

Mit zusammengebissenen Zähnen nickte Thore und sie machten sich auf den Weg.

Als Thore endlich im Bett lag, atmete er erleichtert auf und versuchte, sich so wenig wie möglich zu bewegen. Nur daliegen und warten, bis das Pochen und Stechen nachließ.

»Danke.« Thore bedachte Nils mit einem warmen Blick.

»Brauchst du eine Schmerztablette?«

Thore schüttelte den Kopf. »Nach dem Essen.«

»Okay.« Nils betrachtete ihn sorgenvoll. »Willst du etwas essen?«

Trotz der Schmerzen musste Thore schmunzeln. »Wäre ganz gut, oder?«

»Ich mach was Schnelles. Bin gleich wieder da.« Nils verschwand aus dem Zimmer, kam aber sofort zurück. »Brauchst du sonst etwas?«

»Nur Ruhe, danke.«

Nils nickte und ließ Thore allein. Der schloss die Augen und konzentrierte sich auf seine Atmung. Gleichzeitig fuhr er mit seiner Zunge seine Lippen nach und ein Lächeln schlich sich auf sein Gesicht. Wie sehr hatte er es vermisst, diesen Kerl zu küssen. Mit keinem anderen war es wie mit Nils. Seine Sehnsucht nach ihm, die Nähe, die sie früher geteilt hatten, trotz ihrer Kommunikationsschwierigkeiten, aber auch nach den lustigen, witzigen und lustvollen Momenten wuchs seit er wieder Zeit mit Nils verbrachte.

Wie ein Ballon, der anschwoll und kurz vorm Platzen stand. Jeder sah es kommen, doch den genauen Moment konnte keiner bestimmen.

Kapitel 9

Nils werkelte in der Küche. Er hatte sich für Nudeln mit Sauce entschieden und schob die Zutaten für das Osterlamm beiseite. Das würde er nachher backen und Thore damit eine Freude machen. Wenigstens etwas Ostern für ihn, wenn er Tage mit dem Feiertagsmuffel Nils verbrachte.

Aus dem Schrank holte er zwei Teller und Besteck, platzierte es auf ein Tablett. Während es in den Töpfen köchelte, stellte er sich vor die Terrassentür. Heute war wieder ein wunderschöner Tag. Am Himmel zogen weiße Wattewölkchen vorbei. Die Krokusse in seinem Garten blühten in satten gelben und lila Tönen. Streckten sich der Sonne entgegen, die heute kräftiger als gestern schien.

Der Kuss hatte Nils überrascht. Er war nicht darauf vorbereitet gewesen, hatte nicht damit gerechnet, dass Thore den Schritt auf ihn zugehen würde. Sobald er darüber nachdachte, stieg sein Puls an, begann sein Herz zu rasen. Wäre Thore gesund, er war sich nicht sicher, wo das geendet hätte. Alle Vorsicht hatte er über Bord geworfen, öffnete sich wieder Thore. Obwohl er wusste, dass er sich selbst verletzte. Sein Herz endgültig zerbrochen werden würde, sobald die Tage vorbei waren und Thore nach Hause fuhr. Ihre Zeit war begrenzt.

Oder hatten sie eine zweite Chance? Er schloss die Augen, stellte sich die Zukunft mit Thore vor. Nach Hause kommen und nicht mehr alleine sein. Nicht mehr für eine Person zu kochen und während des Essens über den Tag reden. Nur auf dem Sofa liegen und kuscheln.

Ein Lächeln schlich sich auf Nils' Lippen. Er wünschte es sich so sehr und war sich so unsicher, ob er es verdient hätte. Thores Worte zum Trotz. Er würde alles dafür geben, um Thore wiederzuhaben. Wieder die Geborgenheit in seinen Armen zu spüren. Sich geliebt zu fühlen.

»Verdammt.« Er hieb mit der Faust gegen den Rahmen und lehnte den Kopf gegen die aufgewärmte Glasscheibe. »Warum kann nicht mal was einfach im Leben sein?«

Hinter ihm zischte es und es roch angebrannt.

»Shit«, fluchte er und zog die überkochenden Nudeln vom Herd, rührte in der Carbonarasauce, die am Boden angesetzt hatte. »Mist verdammt!« Er schaltete die Platte aus und probierte eine Nudel. Sie waren gar und er goss sie ab. Dann verteilte er das Essen auf zwei Teller, stellte sie auf das Tablett und ging zu Thore.

»Alles gut?«, fragte dieser mit einem Schmunzeln. »Hab dich fluchen gehört.«

Nils verdrehte die Augen. »Mir ist die Sauce angebrannt und die Nudeln sind übergekocht.«

»Das passiert dir?« Thore klang ungläubig. Nils konnte es selbst kaum glauben. Normalerweise war er aufmerksamer, aber Thore hatte innerhalb von zwei Tagen seine Welt aus den Angeln gehoben.

»Ja.« Nils grummelte. Er setzte sich vorsichtig auf die freie Bettseite und stellte das Tablett auf dem Nachttisch ab. Er half Thore, sich im Bett aufzurichten und stopfte ihm Kissen in den Rücken. »Geht's?«

»Ja, danke dir.« Thore schnupperte. »Das riecht trotzdem lecker.«

Nils lächelte. »Hoffentlich schmeckt es auch.« Er holte das Tablett und stellte es über Thores Oberschenkel. »Guten Appetit.«

»Dir auch.« Thore nahm den Parmesan samt Reibe und hobelte sich etwas Käse über sein Essen. Fragend sah er Nils an, der nickte. Als Thore fertig war, legte er alles beiseite und Nils griff sich eine Gabel und einen Teller.

»Willst du wirklich so essen?«

»Klar und wenn ich kleckere, muss ich es sauber machen und nicht du. Dafür gibt es Waschmaschinen.« Nils drehte die Gabel in seinen Nudeln und schob sie sich in den Mund. Die heraushängenden Enden biss er ab und sie fielen zurück auf den Teller. Dann wurde er sich gewahr, dass Thore ihn beobachtete. In seinem Blick spiegelten sich Überraschung mit einem Hauch von Amüsement und Ernsthaftigkeit und Nils wurde unsicher. Er rührte in seinen Nudeln herum. »Iss, sonst wird es kalt«, versuchte er von sich abzulenken.

»Du hast dich verändert.« Thore schüttelte den Kopf.

Nils ließ seinen Teller sinken und hörte auf, in seinen Nudeln herumzurühren.

»Wie meinst du das?«, fragte er. »Im guten oder schlechten Sinne?«

Thore lächelte. »Du bist lockerer geworden, siehst nicht mehr alles so verbissen. Dinge, über die wir früher diskutiert haben, sind kein Problem mehr für dich.«

Nils Ohren wurden rot bei dem Kompliment und er lächelte. »Ich habe gelernt, dass Krümel im Bett sich wegsaugen lassen.«

Thore nickte.

»Nun iss endlich, sonst werden deine Nudeln kalt«, forderte Nils Thore wiederholt auf.

»Schon gut. Ich werde bestimmt nicht dein gutes Essen verschmähen.« Thore griff nach seiner Gabel und aß. Für eine Weile legte sich Schweigen über sie, nur das Klappern des Bestecks war zu hören. Der Sauce schmeckte man Gott sei Dank nicht an, dass sie leicht angebrannt war.

»Das war mal lecker.« Thore seufzte zufrieden.

»Möchtest du noch was?«

»Bloß nicht. Ich werde noch dick und rund, wenn ich weiter so gut esse.« Thore klopfte sich ganz sachte auf den Bauch und grinste.

»Ach, ein paar Kilo kannst du schon vertragen.« Nils schlug sich eine Hand vor den Mund, als er sich gewahr wurde, was er gesagt hatte. Er richtete sich auf.

Thore schmunzelte. »Wirst schon sehen, ich werde kugelrund.« Er ging nicht auf Nils Reaktion ein, nahm ihm nicht übel, was er gesagt hatte und Nils entspannte sich wieder. Winkelte die Beine an und stellte seinen Teller auf den Knien ab.

»Hast du dich mal im Spiegel betrachtet?« Als Nils gestern Morgen Thore nackt gesehen hatte, war er fast erschrocken. Klar waren seine Muskeln zu sehen, aber trotzdem hatte Thore einiges abgenommen und war schmal geworden.

»War nicht so einfach in den letzten Wochen.«

Das konnte Nils sich denken. Er wollte sich nicht ausmalen, wie es war, wochenlang im Bett zu liegen und sich nicht rühren zu können vor Schmerzen.

»Wie schlimm ist es?«, fragte Thore und runzelte die Stirn.

»Na ja, du bist ziemlich dünn geworden.«

Thore zog die Augenbrauen hoch. »Wirklich?«

»Ja. Aber das könnte natürlich auch innerhalb der letzten Jahre passiert sein und nicht erst in den letzten Wochen«, schob Nils hinterher.

»Das ist das Krankenhausessen gewesen und der fehlende Sport.«

»Ein bisschen gutes Essen und Kalorien könnten dir also nicht schaden. Wie gut, dass du hier bist.«

»Absolut. Ich bin wirklich sehr froh darüber.« Thore musste sich mit seinen Worten überrascht haben. Nils konnte es in seinen Augen sehen und sein Herzschlag beschleunigte sich. Das Wörtchen ‚vielleicht' spukte in seinem Kopf herum und ein Lächeln legte sich auf seine Lippen.

»Ich bringe mal die Teller weg und hole dir Wasser für die Schmerztablette.« Nils griff nach dem Tablett, doch bevor er es anheben konnte, umfasste Thore sein Handgelenk.

»Warte. Ich will … meinst du, wir könnten …« Thores Daumen zeichnete Kreise über seiner Haut und Nils fragte sich, wann Thore registrierte, dass sein Puls aus dem Takt gekommen war und das Blut wie ein reißender Strom durch ihn floss.

»Was könnten wir?«, fragte Nils atemlos und bewegte sich keinen Zentimeter.

»Uns küssen?«

»Willst du das wirklich?« Nils Stimme klang rau. Er konnte nicht glauben, dass Thore das ausgesprochen hatte. Noch gestern Morgen standen sie sich gegenüber, konnten kaum ein Wort miteinander wechseln, jeder in seinem Schmerz gefangen, den er ihnen eingebrockt hatte. Aber das schien eine Ewigkeit her zu sein und nicht vierundzwanzig Stunden. Wie konnten die Dinge sich in kurzer Zeit so schnell ändern? Und die Schmetterlinge in seinem Bauch spielten verrückt.

»Ja. Ich möchte wissen, wie es ist, wenn wir mehr als nur einen Kuss wechseln, der nicht durch einen von uns unterbrochen wird.«

»Warum?« Nils wusste, weshalb, er musste es trotzdem wissen. Musste es von Thore hören und hielt die Luft an.

»Damit ich weiß, ob ich die Vergangenheit abhaken kann und eine Chance für uns besteht.« Thores Stimme war leise, aber fest entschlossen. Seine Finger um Nils' Handgelenk standen still und die Wärme brannte sich durch die Hautschichten. Thore sah ihn intensiv an, hielt seinen Blick fest.

»Meinst du, das ist gut? Was ist, wenn es nicht funktioniert?« Oh mein Gott, Nils, halt die Schnauze und ergreife die Chance, schalt er sich. Aber sein Gewissen musste darauf hinweisen. Er hatte keine Ahnung, wie er damit umgehen sollte, wenn der Schuss nach hinten losging. Wenn Thore am Mittwoch aus der Tür gehen und sie sich nie wiedersehen würden.

»Manchmal gibt es Risiken, die man eingehen muss. Ganz egal, wie es ausgehen wird.« Thore sprach eindringlich und umfasste Nils' Handgelenk fester.

Nils wollte es so sehr, wollte wieder nach Hause kommen und diesen Mann lieben dürfen. Aber es war nicht richtig. Er hatte sie erst in diese Lage gebracht, hatte Thore genauso das Herz herausgerissen, wie er das von sich gedacht hatte.

»Ich räume die Teller eben fort.« Nils sah auf sein Handgelenk, das Thore festhielt. Er ließ nicht los, hielt es fest und Nils rührte sich nicht.

»Wovor hast du Angst?«

Nils senkte den Kopf und ein Kloß breitete sich in seinem Hals aus, hinderte ihn am Schlucken.

»Nils.« Thore sagte seinen Namen so leise, so sanft, mit einer

Zärtlichkeit in der Stimme, die Nils nicht verdient hatte. Sein Handgelenk wurde losgelassen und Thore hob sein Kinn mit dem Zeigefinger an. Wie zuvor prickelte und kribbelte es in ihm und sein Körper reagierte darauf. Wollte Thore entgegenkommen, ihm versichern, dass er ihm gehörte. Seit ihrer allerersten Begegnung gehört hatte.

Nils blickte in Thores Augen, die seine Tonlage widerspiegelten. Am liebsten wäre er aufgestanden, um sich dem Gespräch zu entziehen. So wie früher, wenn es ernst wurde. Nur da hatten sie es gar nicht erst so weit kommen lassen, sondern waren den Worten im Vorfeld aus dem Weg gegangen. Nun hatten sie das Gespräch begonnen und Nils zwang sich, es durchzuziehen. Ehrlich zu sein.

»Was ist, wenn ich dir wieder wehtun werde?«, fragte Nils zaghaft.

»Und wenn es dieses Mal ich sein werde? Wir wissen nicht, was in der Zukunft passiert.« Thore atmete durch. »Aber wir haben das hier und jetzt. Wir lieben uns immer noch. Haben die Chance, zu lernen, mit der Vergangenheit zu leben und sie zu überwinden.« Nun streichelte Thores Daumen über Nils Kinn und er schmiegte sich in die Berührung.

»Okay. Aber vorher nimmst du eine Schmerztablette.«

»Na gut.« Thore lachte leise. »Komm her, Mann.« Thore zog Nils am Kinn zu sich, der sich umständlich über die Seite des Tabletts beugte und sie küssten sich zärtlich.

»Bin gleich zurück.« Nils schnappte sich das Tablett und verschwand in der Küche. Lief dort auf und ab, fuhr sich durch die Haare und holte tief Luft. Das Herz schlug ihm bis zum Hals, hämmerte in seiner Brust und war bestimmt meilenweit zu hören.

Nils war sich absolut nicht sicher, ob es das Richtige war oder nicht zu früh. Sie hatten erst angefangen, miteinander zu reden. Waren noch im Aufarbeitungsprozess.

»Kommst du zurück?«, rief Thore aus dem Gästezimmer.

»Bin sofort da.«

»Weißt du, du hast einen entscheidenden Vorteil. Im Gegensatz zu mir kannst du weglaufen. Aber Gnade dir Gott, wenn du das machst.«

Nils schmunzelte trotz all seiner Zweifel. Er schnappte sich die Tabletten vom Küchentisch, nahm zwei Gläser und eine Flasche Wasser mit.

»Im Gegensatz zu dir ist das hier mein Haus und ich wohne hier. Wenn würde ich dich rausschmeißen. Mit Glück auf dieser Matratze.«

»Ich wollte nur nicht, dass du durchdrehst oder erst wieder stundenlang laufen gehst. Wir machen keinen Fehler, Nils. Wir finden nur etwas für uns raus und da gibt es kein richtig oder falsch.«

Für Nils verschwammen die Grenzen. Was er sicher sagen konnte, er wollte Thore zurück. Musste nur für sich herausfinden, wie er mit sich zurechtkam. Ging ihm das zu schnell? War das zu viel? Er würde es gleich merken.

»Hier, nimm eine.« Nils Gedankenkarussell drehte sich und er wusste nicht, was er Thore antworten sollte. Er verstand ihn nicht, wie er so gut zu ihm sein konnte und auf ihn zuging. Nils hätte damit gerechnet, dass er sich von ihm zurückzuziehen würde. Sein Vorschlag gestern war aus purer Verzweiflung gekommen, um etwas gutzumachen. Zu seiner Überraschung war Thore darauf eingegangen und es fühlte sich richtig an, auch wenn es anstrengend und fordernd war.

Thore schluckte eine Tablette und spülte Wasser hinterher.

»Bist du nun zufrieden? Können wir nun weitermachen?«

»Möchtest du dich vielleicht hinlegen dabei?«

»Meine Güte, Nils, mach keine Wissenschaft draus.« Thore sah ihn genervt an. »Ich will mit dir knutschen. Dir nah sein. Komm endlich her und such keine weiteren Ausreden. Und wenn du es doch nicht willst, dann sag es einfach.«

»Ich will es vielleicht zu sehr«, flüsterte Nils. Die Worte hatten seinen Mund schneller verlassen, als ihm lieb war. Aber es war die Wahrheit.

Thore schmunzelte. »Ich auch.« Er streckte die Hand nach Nils aus, die dieser zögerlich ergriff und sich auf die Kante des Bettes ziehen ließ. Er krabbelte über Thore hinweg und setzte sich direkt neben ihm. Beugte sich vor und hatte auf einmal Thores Hände um sein Gesicht, die ihn zu sich zogen.

»Du bist dir ganz sicher?« Nils konnte nicht anders, er musste Gewissheit haben. Doch statt einer Antwort legten sich Thores Lippen auf seine. In Nils Bauch jubilierten die unzählbaren Schmetterlinge und flatterten durcheinander.

Nils rutschte näher heran, stützte sich hinter Thore in den Kissen ab und versuchte, ihm nicht zu nah zu kommen und ihm dadurch wie am Vormittag Schmerzen zuzufügen.

Thores Hände begaben sich auf Wanderschaft, fuhren Nils' Rücken nach unten und Nils schwang ein Bein über Thore, saß vor ihm, gehalten von seinen eigenen Knien und Oberschenkeln. Gänsehaut überzog ihn und er erschauderte, als Thores Hände unter sein Shirt fuhren und über seine Haut streichelten, kleine Kreise zogen und bei Unebenheiten stockten, um sie zu erkunden.

Ihre Zungen spielten miteinander, wussten, was der andere

mochte und sie fanden in ihren alten Rhythmus. Nils stöhnte leise in den Kuss, als Thores Hände zu Nils' Brust wanderten und mit den Fingernägeln seine Nippel reizten. Sein Blut rauschte nach unten und sammelte sich in seinem Schwanz.

Nils warf alle Bedenken über den Haufen, gab sich ganz dem Moment hin und umfasste Thores Gesicht. Er löste den Kuss und strich mit den Lippen über Thores Kinn, den Hals. Thore neigte seinen Kopf zur Seite und ließ Nils gewähren, keuchte, als Nils an seinem Ohr knabberte. Dann wanderte er zurück zu Thores Mund, nahm ihn wieder in Beschlag.

Atemlos beendeten sie den Kuss. Sahen sich an und Nils las pures Verlangen in Thores Augen. Er war total aufgeheizt und hätte am liebsten das Fenster aufgerissen, aber diesen Moment wollte er auf keinen Fall unterbrechen durch so unwichtige Kleinigkeiten.

»Hinlegen wäre keine schlechte Idee«, bat Thore mit rauer Stimme.

Nils nickte, warf die Kissen in Thores Rücken auf den Boden und half ihm. Er legte sich neben ihn, ein Bein zwischen Thores und der Gips rieb am Stoff seiner Hose.

Sanft strich er eine Strähne aus Thores Stirn, bis der ihn wieder zu sich zog. Sie küssten und streichelten sich. Die Zeit blieb stehen und Nils fand es wunderschön. Hätte auf ewig in dieser Blase verharren können.

Thore schien nicht bereit zu sein, weiterzugehen als zu knutschen. Er stoppte mit seinen Händen jedes Mal vor dem Beginn von Nils' Jogginghose, was dieser nicht bedauernd aufnahm. Nils traute sich seinerseits nicht weiterzugehen. Zu groß war die Angst, erst alle Hüllen fallen zu lassen und es am Ende doch nicht schafften. Oder schlimmer, dadurch das aufkeimende neue

Verhältnis zwischen ihnen zu zerstören, weil sie es überstürzten. Alles auf eine körperliche Ebene verlagerten und das Reden einstellten.

»Und?«, fragte Nils nach einer Ewigkeit, als sie ihre Lippen voneinander lösten. Sie schnappten beide nach Luft. Thore hatte die Augen geschlossen und Nils betrachtete ihn. Die geschwollenen Lippen, wanderte weiter mit seinem Blick nach oben und strich über die eingegrabenen Falten in Thores Stirn. Glättete sie mit seinen Fingern und hoffte, dass nicht alle seinetwegen gekommen waren.

Die Sonne war weiter gewandert, schien nicht mehr ins Zimmer und der Nachmittag war angebrochen. Die Zeit war weitergelaufen. Wie schade.

»Ich habe es so vermisst.«

Nils lächelte. »Ich auch.« Das konnte er mit aller Sicherheit sagen.

»Wie gut, wir haben nämlich sehr viel Zeit aufzuholen.« Thore grinste und öffnete die Augen.

Nils wurde heiß. Hieß das etwa, dass Thore sich über den Mittwoch hinweg mit ihm treffen wollte? Er ihnen ebenfalls eine zweite Chance gab? Er traute sich nicht, zu fragen und die Stimmung zwischen ihnen zu zerstören, sondern nahm alles, wie es kam. Erzwingen konnte er nichts.

»Wollen wir im Garten weitermachen?«, holte Thore Nils aus seinen Gedanken.

»Ich glaube, ich muss erst mal etwas runterkommen.« In Nils Hose pulsierte sein Schwanz schmerzhaft und schrie nach Aufmerksamkeit. »Und wenn ich mir das bei dir so betrachte, geht's dir nicht besser.« Unverhohlen sah Nils auf Thores Schritt.

»Vielleicht hast du recht. Aber in den Garten können wir trotzdem.«

»Natürlich.« Nils erhob sich, rückte in seiner Hose alles zurecht und half Thore aufzustehen. Sie gingen in den Garten und Nils legte die Polster auf die Liegen. Langsam ließ sich Thore nieder.

»Rauf geht immer einfacher als runter«, stellte Thore nüchtern fest.

»Hoffentlich ist es bald besser.« Nils blickte Thore mitfühlend an und setzte sich mit Blick zu Thore auf seine Liege.

»Ich hoffe es auch.« Thore streckte seine Hand aus und strich über Nils Knie, das er gerade so erreichte. Die Berührung brannte auf seinem Bein und er verfluchte sich, dass er Thore um Abstand gebeten hatte.

Nils räusperte sich. »Meine Kehle ist ganz ausgedörrt. Willst du auch etwas zu trinken?«

»Du flüchtest schon wieder.«

»Nennst du mich streicheln etwa runterkommen? Außerdem habe ich wirklich Durst.« Nils stand auf und ging zurück ins Haus, begleitet von Thores Lachen. Er brachte zusätzlich seine Nintendo-Switch und einige Spiele sowie die Sonnencreme und seinen E-Book-Reader mit.

»Hier für dich zum Runterkommen.« Die Switch und die Spiele legte Nils Thore auf die Oberschenkel und gab ihm einen Klecks Creme auf die Handfläche. »Und schön eincremen.«

Nils cremte sich ein, streckte sich auf der Liege aus und öffnete seinen Reader.

»Hey, was ist mit reden? Wir könnten damit weitermachen.«

»Ehrlich gesagt, muss ich erst mal verarbeiten, was wir gerade gemacht haben. Du nicht?«

Thore runzelte die Stirn. »Vielleicht keine schlechte Idee.« Mehr sagte er nicht, wandte sich von Nils ab, griff nach der Spielekonsole und suchte sich ein Spiel aus. Nils war nicht aufgefallen, dass Thore nicht wie die letzten Tage nachbohrte. Viel zu sehr war er mit sich beschäftigt.

Nils begann zu lesen, aber vor seinen Augen verschwommen die Buchstaben und er fing immer wieder von vorne an. Horchte auf die Musik des Spiels und hielt sich davon ab, nicht ständig zu Thore zu schielen. Das eben Erlebte klang heftig in ihm nach. Der Reader war ein Vorwand gewesen, damit er nicht reden musste und hoffte, dass Thore es nicht durchschaute. Er wollte Thore zurückhaben, nur wusste er nicht, wie das jemals möglich sein sollte.

Kapitel 10

Thore war sicher, dass Nils nicht eine einzige Seite gelesen hatte, sondern nur auf den Bildschirm seines Readers gestarrt hatte. Soweit er elektronische Bücher kannte, musste man zum Umblättern über das Display wischen und das war in der letzten halben Stunde nicht einmal geschehen. Normalerweise las Nils viel schneller.

Zu gern hätte er gewusst, was in Nils vorging, ihm versichert, dass sie nichts Falsches getan hatten und er aufhören sollte, sich wegen der Trennung zu zerfleischen.

Während er mit Mario bei den Olympischen Spielen weilte, spickte er immer wieder zu Nils. Dadurch verlor er jede Disziplin. Aber das blöde Spiel war ihm völlig egal. Hier ging es um seine Zukunft und Nils hatte dicht gemacht, als sie in den Garten gegangen waren.

Thore hoffte, dass dies kein Dauerzustand wurde. Angst kroch sein Rückgrat hinauf, dass Nils alles Weitere abblocken würde. So wie früher. Aber sie hatten dazu gelernt, oder? Sie hatten begonnen, miteinander zu reden. Natürlich verfiel man hin und wieder in alte Muster, aber er würde Nils darauf ansprechen und es dieses Mal besser machen. Ansonsten stand ihnen ein endgültiger Abschied bevor.

Die Musik des Spiels erinnerte ihn, dass er weiter drücken musste und er schenkte Mario erneut seine Aufmerksamkeit.

Doch seine Gedanken verweilten bei Nils. Er konnte sie nicht abstellen.

Dass er Nils wie ein notgeiler Teenie das Knutschen vorgeschlagen hatte, war einem Impuls entsprungen und doch stimmte, was er gegenüber Nils behauptet hatte. Er musste wissen, ob er in der Lage war, Nils länger als einen Kuss nah zu sein. Oder ob ihm dann vor Augen stand, wie verletzt er ihn hatte. Definitiv nicht, denn jetzt konnte er nicht genug von ihm bekommen und wäre seine blöde Rippenprellung nicht, hätte er mehr gemacht.

Verdammt. Aber war es nicht der Unfall, der sie wieder zusammengeführt hatte?

Gib's zu, du hast schon länger überlegt, wie du ein Treffen mit Nils zustande bringen kannst, flüsterte die Stimme in seinem Kopf. Sie wurde lauter und ließ sich nicht mehr wie vor ein paar Tagen verdrängen.

»Ich hab genug in der Sonne gebrutzelt und werde das Lamm backen.« Nils riss ihn aus seinen Gedanken und Thore sah auf. Nils klappte seinen E-Book-Reader zusammen, stand auf und blickte auf Thore hinunter. »Möchtest du noch etwas draußen bleiben und Vitamine tanken?«

»Unbedingt.«

Nils lächelte. »Ruf mich, wenn du etwas brauchst.«

»Okay.«

Thore lehnte sich gegen das Kopfteil der Liege, das er aufgestellt hatte, schloss die Augen und ließ die Sonne auf ihn scheinen. Leider lag seine Sonnenbrille zu Hause, die hätte er gut gebrauchen können.

Aus der Küche hörte Thore den Rührer und lächelte. Nils buk für ihn ein Osterlamm. Er gab sich jede Menge Mühe, es ihm entgegen seiner ersten Worte so angenehm wie möglich zu machen und Thore durchzog Wärme. Erneut hatte er das Gefühl, sich neu in Nils zu verlieben.

Aus einem der Nachbargärten hörte Thore Geschirrgeklapper und leise Gespräche und seine Gedanken kehrten zu dem Osterlamm zurück. Ganz unrecht hatte Nils nicht, er konnte etwas auf den Rippen gebrauchen. Dafür brauchte er keinen Spiegel und keine Waage.

Die Switch in seinen Händen dudelte vor sich hin und Thore schaltete sie aus. Er bekam sowieso nichts auf die Reihe. Der Rührer stellte seine Arbeit ein und Thore lauschte dem Konzert der Vögel. Dies konnte er sich für immer vorstellen und Ruhe breitete sich in ihm aus. Nils, der bei ihm war, sich um ihn kümmerte, so wie er sich um ihn, sobald er wieder in der Lage dazu war. Eine Zukunft, die er bis vor Kurzem ausgeschlossen hatte.

Der Frieden wurde jäh zerstört, als der Mixer in der Küche angestellt wurde. Thore verschränkte die Arme hinter dem Kopf und schwelgte in den Erinnerungen ihrer Knutscherei.

Auf einmal setzte er sich auf, riss die Augen auf und schnappte nach Luft, als der Schmerz durch die abrupte Bewegung seinen Brustkorb schier zerriss. Keuchend presste er den Arm dagegen, was es schlimmer machte.

»Fuck«, fluchte er und hielt sich an den Seiten des Liegestuhls fest. Seine Knöchel traten weiß hervor und er atmete einige Minuten lang flach den Schmerz weg. In der Küche wurde es erneut still.

Wann hatte er eigentlich beschlossen, wieder mit Nils zusammen zu sein?

Wem machst du hier was vor? Das weißt du ganz genau,

drängte sich die Stimme in seinem Kopf in den Vordergrund. *Als du nach dem dritten Typen im letzten Jahr festgestellt hast, dass keiner wie Nils ist.*

Seufzend sank Thore gegen die Rückenlehne der Liege. Das Aufarbeiten war wichtig. Er war sich nie so sicher in seinem Leben gewesen, dass es der richtige Weg war, damit sie es dieses Mal besser hinbekamen. Auch wenn die sechs Jahre nicht nur schlecht gewesen waren. Die vielen Zettel im Wohnzimmer an der Wand bezeugten es. Sie waren nur den wichtigen Gesprächen aus dem Weg gegangen und hatten sich nach Streits hinterher nicht versöhnt. Sie hatten sie einfach ignoriert und so getan, als ob nichts passiert war.

Der Mixer wurde erneut ausgestellt und das Vogelkonzert war wieder verständlicher.

Einige Minuten später kam Nils zu ihm, setzte sich auf seine Liege und legte das Handy neben sich.

»So, das Lamm ist im Ofen.«

»Du weißt schon, dass es ziemlich missverständlich sein kann, oder?«

Nils grinste. »Du weißt ja, was ich meine.«

»Sag mal, warum bringst du eigentlich kaum Punkte an?«, platzte Thore heraus und wechselte abrupt das Thema. Er wollte wissen, ob seine Angst berechtigt war und er sich nur etwas vormachte, mit dem, was sie hier fabrizierten.

Nils kniff die Augen zu. »Wie kommst du vom Lamm auf Punkte? Und was meinst du überhaupt?«

Thore seufzte. »Komm schon, du weißt genau, was ich meine.«

Nils stand auf, lief einmal im Kreis und setzte sich wieder. »Ich sag doch was.«

»Kaum. Das meiste kommt von mir. Sieh dir die Wand an. Na los.« Thore griff nach seinen Krücken, legte die Switch und die Spiele auf den Rasen, bevor ihm die Sachen von den Beinen rutschen konnten, und stemmte sich hoch.

»Warte.« Nils war schneller an seiner Seite, als er bis drei zählen konnte und umfasste seinen Oberarm. Gemeinsam gingen sie ins Wohnzimmer.

»Na los.« Thore deutete mit seiner Krücke auf die Wand, an der inzwischen einige Zettel klebten. »Lies dir das alles durch. Man könnte meinen, dass nur ich etwas an unserer Beziehung auszusetzen hatte und jemand, der uns nicht kennt, sich fragen könnte, warum ich mit dir zusammen war.« Thore sah Nils an wie seine Azubis in der Müllverbrennungsanlage, wenn sie in seinem Büro vor dem Schreibtisch standen und sich weigerten mitzudenken, obwohl sie die Antwort kannten.

»Ich habe doch einiges gesagt.« Nils zeigte auf die betreffenden Beispiele.

»Das sind nur positive Dinge. Man könnte meinen, ich mache dich nieder und du hebst mich in den Himmel.«

»Quatsch. Hier sind auch Kritikpunkte.«

»Drei. Motorradfahren, Haushalt und mein zugegeben übertriebener Dekowahn an Weihnachten.«

»Na also.«

Thore seufzte. »Nils, du hast gesagt, dass wir ehrlich, offen und auch wenn es wehtut, alles auf den Tisch bringen.« Er humpelte zum Sofa, musste sich setzen und Nils half ihm dabei. »Danke.« Thore rutschte an die Lehne, hob sein Gipsbein auf die Sitzfläche und atmete erleichtert auf, als er ruhig sitzen blieb. Dann nahm er den Faden wieder auf. »So perfekt, wie du mich darstellst, bin ich beileibe nicht. Das ist sogar mir klar und ich habe eine ziemlich hohe Meinung von mir, wie du bestimmt noch weißt.«

Nils nickte, sank auf einen Platz auf dem Sofa und kratzte sich am Hinterkopf.

»Ich denke nicht, dass ich in der Position bin, allzu kritisch mit dir umspringen zu dürfen«, flüsterte er und knibbelte an einem losen Faden am Saum seines T-Shirts.

»Herrgottnocheins, Nils.« Genau, was Thore befürchtet hatte, aber das ließ er nicht zu. Wenn alles auf den Tisch kam, gefälligst auch seine Schwächen. Wie sollte er alte Muster durchbrechen, wenn er sie nicht wusste? »Doch, bist du. Wir sind alle fehlbar. Aber wenn es in Zukunft zwischen uns funktionieren soll, dann hör endlich auf, so zu denken«, brach es aus Thore heraus. Sein Puls war angestiegen und dieses Mal nicht aus Lust oder Erregung. Dieser Kerl schaffte es, ihn in jedwede Richtung in Wallung zu versetzen und er ballte die Fäuste.

Nils sah ihn erschrocken an ob seines Ausbruches und Thore atmete mehrmals tief durch, was seine Brust ihm mit einem Stechen quittierte, was er dieses Mal ignorierte.

»Gibt es denn eine Zukunft?«, fragte Nils leise.

Thore konnte sich ein Schmunzeln nicht verkneifen, was bei Nils dazu führte, ihn erstaunt und fragend aus seinen großen rehbraunen Augen anzusehen. Oh ja, und wie es die gab.

»Wenn wir anfangen, miteinander zu reden? Du ebenso, wie ich mit dir? Und ja, verfickte Scheiße, du bist ebenso wie ich in der Position, dich über alles zu äußern.«

Nils Augen strahlten und an seinen Mundwinkeln zupfte ein zaghaftes Lächeln. Er schien einen Moment zu überlegen, kratzte sich am Kinn und wurde ernst.

»Ich mag es nicht, wenn du mir ständig ins Wort fällst und

meine Gespräche weiterführst. Ich bin durchaus in der Lage zu reden ohne deine Unterstützung.«

Thore blickte Nils baff an. »Mach ich das tatsächlich?«

»Ja, ständig. Vor allem, wenn ich mit Fremden spreche. Mir ist das unglaublich peinlich.«

»Entschuldige bitte.« Zerknirscht sah Thore Nils an, denn wenn er darüber nachdachte, war es so. Sobald er das Gefühl gehabt hatte, das Gespräch zwischen Nils und seinem Gegenüber käme ins Stocken, hatte er sich dazugestellt und es weitergeführt. »Ich habe das immer als Schützenhilfe gesehen. Du bist schüchtern und brauchst immer etwas, bist du mit jemandem warm wirst.«

»Schon, aber ich bin nicht schüchtern. Ich bin zurückhaltend und introvertiert, rede nicht gerne sofort über mich oder was mich beschäftigt. Das ist ein Unterschied, aber ich bin nicht schüchtern und ich brauche keine Schützenhilfe.«

Thore nickte. »Verstanden. Tut mir echt leid. Ich werde drauf achten.« Er zeigte auf das Papier auf dem Sofatisch. »Schreib es auf und häng es an die Wand.«

»Außerdem, wenn ich so schüchtern wäre, wie du behauptest, hätte ich dich damals auf dem Schützenfest nicht angesprochen.«

»Stimmt. Aber ich habe es dem Alkohol zugeschrieben.«

»Nein, ich habe dich angesprochen, weil ich dich heiß fand.« Nils Mund umspielte ein neckisches Lächeln. »Und ich fände es schön, wenn du dir wieder einen Drei-Tage-Bart stehen lässt. Ich weiß, du magst die Pflege nicht und so, aber vielleicht hast du ja mal wieder Lust drauf.«

Thore grinste. »Du stehst drauf, wenn er in bestimmten Regionen kratzt, was?«

Nils schluckte und nickte. Leichte Röte überzog sein Gesicht, was Thore unheimlich süß fand. Nils griff nach zwei Blatt Papier, einem Stift und schrieb die Punkte ‚Reinreden' sowie ‚Nicht schüchtern' auf und Stichpunkte darunter.

»War doch gar nicht so schlimm, oder?«, fragte Thore, während Nils die Blätter aufhängte. Dass das in Thore etwas auslöste, verschwieg er. Wie hatte er Nils so falsch einschätzen können? Kannte er ihn überhaupt? Aber wenn er genau drüber nachdachte, hatte Nils recht. Er ging mehrere Geburtstagsfeiern und Feste durch. Bei keinem wirkte Nils hilflos. Er hatte das so gesehen und sich als großer Retter aufgespielt, der er gar nicht war. Herrgottnochmal, wie dämlich war er eigentlich?

»Nein, tatsächlich nicht. Tat sogar richtig gut«, gab Nils zu und setzte sich.

»Warum hast du das nie gesagt?«

Nils zuckte mit den Schultern. »Warum hast du nie gesagt, dass dich mein fester Zeitplan stört? Wieso haben wir nie über die wirklich wichtigen Dinge gesprochen, die uns gestört haben?«

Thore nickte und fuhr sich mit einem Finger über die Nase.

»Sie hätten Konfrontation bedeutet. Das Auseinandersetzen mit sich und dem Partner.«

»Vielleicht hatten wir Angst vor der Reaktion oder so. Es hat doch alles geklappt und wir haben uns arrangiert. Vielleicht hatten wir auch Angst davor, dass wir uns trennen, wenn wir anfangen zu reden.« Nils lachte bitter auf. »Am Ende haben wir uns getrennt, weil wir nicht miteinander geredet haben.«

»Wir lernen ja gerade, wie es richtig geht.« Thore streckte die Hand aus und streichelte Nils über sein Bein. »Ob es wohl viele Paare gibt, die nicht über die wichtigen Dinge sprechen, so wie wir es gemacht haben?«

Nils griff nach Thores Fingern, spielte mit ihnen. »Wer weiß.«
Er seufzte. »Ich habe sogar mal was dazu gesagt, dass du mir in
Gesprächen nicht immer dazwischen grätschen sollst. Nur nicht
so deutlich wie jetzt.«

»Tatsächlich?« Thore beobachtete, wie Nils mit seinen Fin-
gern spielte. Sie nacheinander leicht nach oben bog und auf
Nils' Bein schnellen ließ. Bei jeder Berührung prickelte es an der
Stelle.

»Relativ zu Beginn zwei oder dreimal. Wenn wir zu Hause
waren, habe ich dich darum gebeten, mir meine Gespräche zu
lassen, und du hast mit Okay geantwortet.«

»Ich erinnere mich und habe daraufhin immer abgewartet,
bis ihr nichts mehr gesagt habt und dachte, jetzt musst du
helfen.«

»Falsch gedacht.« Nils schnippte gegen Thores Handrücken.
»Stell dir vor, manchmal entstehen Pausen in Gesprächen.«

Thore nickte. »Meine Güte, wir hätten uns einfach mal
zuhören müssen.«

»Ja.«

»Ist es wirklich so einfach?«

Nils sah ihn mit hochgezogenen Augenbrauen an. »Findest
du es einfach, was wir gerade machen? Ich finde es ganz schön
aufreibend und anstrengend, nicht in Verteidigungsposition zu
gehen, sondern mir anzuhören, was du sagst und es anzunehmen.
Es ist, als ob ich dich erst jetzt wirklich kennenlerne. Den echten
Thore Lappe.«

Thores Augen wurden groß. »Genau dasselbe habe ich
eben auch gedacht.« Wie gut, dass er damit nicht alleine war.
Das erleichterte ihn und er hielt sich nicht komplett für einen
ungehobelten und unaufmerksamen Klotz.

»Wie schön, dass wir uns da einig sind.« Nils lächelte und verwob ihre Finger miteinander. »Ich mag es.«

»Ich auch. Sehr sogar.« Thores Herz flatterte heftig in seiner Brust.

Nils Handy piepte. »Das Lamm ist fertig. Ich hole es mal aus dem Ofen, bevor es schwarz wird.«

»Das arme Lamm. Bloß nicht.« Thore blickte Nils hinterher, als er aus dem Wohnzimmer verschwand. Konnte man sich in einen Menschen, den man liebte, neu verlieben? War das möglich? Hatten sie die drei Jahre Trennung gebraucht, um herauszufinden, wie sie es in Zukunft schafften, eine bessere Basis für eine Beziehung aufzubauen? Anscheinend schon. Zumindest fühlte es sich zurzeit so an und Thore hoffte, dass sich das nicht änderte.

Der Duft des frischen Kuchens strömte ins Wohnzimmer und Thore lief das Wasser im Mund zusammen.

»Kann ich schon ein Stück Lamm haben?«

»Auf keinen Fall. Es muss abkühlen«, antwortete Nils aus der Küche. Thore grummelte vor sich hin.

»Aber wie wäre es mit Cookies? Ich habe mir vor Ostern welche gebacken.« Nils kam mit einem Teller zurück, auf dem helle runde Plätzchen mit Schokostückchen lagen.

»Da sage ich auch nicht Nein.«

Nils lachte. »Du bist und bleibst eine Naschkatze, oder?«

»Auf jeden Fall. Was glaubst du wohl, warum ich so viel Sport treibe.«

»Ich dachte, weil du es gerne machst.«

»Auch, aber ein Grund ist, damit ich alles essen kann.«

Nils stellte den Teller neben Thore aufs Sofa und setzte sich daneben. Thore griff sich ein Cookie und probierte ihn.

»Der ist so lecker. Warum kommst du erst jetzt damit um die Ecke?«

»Weil ich sie ehrlich gesagt erst nicht teilen wollte und dann vergessen habe.«

»Ich kann verstehen, warum du sie für dich haben willst.« Thore verschlang das Cookie und griff sich einen Weiteren. »Die machen süchtig.«

»Man könnte meinen, du hast heute noch nichts zu essen bekommen.«

»Komm mal her«, bat Thore Nils und winkte ihn mit einer Hand zu sich. Nils stellte sich vorsichtig im Vierfüßlerstand über den Teller und beugte sich zu Thore. »Als Dank bekommst du einen Kuss.«

»Nur einen?«, fragte Nils gegen Thores Lippen.

»Vorhin warst du es, der es beendet hat.«

»Da wusste ich noch nicht, dass du ernsthaft an eine Zukunft denkst.«

»Hör auf zu reden und küss mich endlich«, verlangte Thore und Nils kam dem Wunsch nach.

»Okay, das ist noch etwas, das mich stört.« Nils zog sich von Thore zurück. »Wenn du eine Bitte von dir gibst, muss ich sofort springen, aber bei mir darfst du dir Zeit nehmen.« Er setzte sich wieder auf seinen Platz.

»Aber das mache ich doch gar nicht«, widersprach Thore und zog die Augenbrauen zusammen.

»Doch, eben schon wieder, als du den Kuss wolltest.«

»Aber du magst das Bestimmende doch.«

»Im Bett, beim Sex, ja. Im wirklichen Leben? Nein. Wenn ich sage, mach ich später, meine ich das genauso. Ich erledige das dann zu einer Zeit, wenn es mir passt und nicht dir. Immerhin nimmst du dir dasselbe Recht raus.« Nils nahm sich ein Cookie, biss hinein, kaute und schluckte hinunter. »Weißt du noch unseren Umzug? Du bist fast im Dreieck gesprungen, weil ich nicht sofort angefangen habe, die Bücherkartons auszuräumen, aber deine Kartons mit der Motorradsammlung standen zwei Wochen herum, bis du meiner Bitte nachgekommen bist und sie ausgeräumt hast.«

»Na komm schon, du hattest elf Umzugskisten, meine Motorradsammlung machte nur vier aus. Wir sind ständig über deine Kartons gestolpert.« Thore konnte Nils Empörung nicht verstehen, fühlte sich ungerecht behandelt, denn sie hatten im Weg gestanden. Vor allem, wenn es dunkel und der Lichtschalter nicht in der Nähe war. Seine Kartons hatten sich im Schlafzimmer in einer Ecke befunden und nicht gestört.

»Jetzt nimm es an, verarbeite und mach es besser.« Nils hob seinen Zeigefinger.

Thore öffnete den Mund, um etwas zu erwidern, schloss ihn aber wieder. Ihm ging auf, dass er mit zweierlei Maß gemessen hatte. Nur weil sie ihn in der Ecke nicht störten, hieß das nicht, dass Nils es ebenso erging. Er hatte es nur aus seiner Perspektive betrachtet.

»Du hast recht. Ich mach das wirklich.«

»Ich weiß. Wir waren sechs Jahre zusammen.«

»Wahnsinn. Kaum zu glauben, dass es in der Zeit nicht einmal so richtig geknallt hat und wir vieles geschluckt haben.«

»Ja, wenn ich mir das alles so ansehe, bin ich auch überrascht.« Nils aß sein Cookie auf, schrieb den letzten Punkt auf einen Zettel und hängte ihn auf.

»Okay, mach weiter, du bist gerade so gut in Fahrt. Reiß das Pflaster unnachgiebig ab, ohne Rücksicht auf Verluste.« Thore seufzte. Er hinterfragte im Moment sein komplettes Verhalten auch gegenüber seinen Freunden. Wo trat er dort unbemerkt ständig in ein Fettnäpfchen?

»Hier, iss ein Cookie. Seelenfutter.« Nils hielt ihm ein Plätzchen vor die Nase und Thore biss hinein.

»Gutes Seelenfutter.« Er nahm Nils den angebissenen Keks ab. »Na los, nächster Punkt.«

»Wir haben guten Sex. Es war nie langweilig und ich liebe ihn.«

»Dem kann ich nicht widersprechen. Vor allem mochte ich ihn, wenn er spontan zwischen unseren dafür geplanten Slots passierte«, sagte Thore mit einem neckenden Unterton.

»Das steht schon dort.« Nils zeigte grinsend auf einen Zettel.

»Nein, im Ernst, ich fand ihn auch immer gut. Vor allem, weil es das Einzige ist, bei dem wir beide wohl tatsächlich ehrlich miteinander waren und gesagt haben, wenn wir etwas Neues ausprobieren wollten oder nicht mochten.«

»Das müssen wir nur auf unser Leben übertragen.«

»Wir arbeiten dran.« Thore deutete auf die vielen Zettel an der Wand. »Und das intensiv.« Die Notizen lesend knabberte er an seinem Cookie, während Nils den nächsten Zettel beschriftete. Ja, er wollte es hinbekommen. Unbedingt und sie waren auf einem guten Weg. Nils ebenso wie er.

Kapitel 11

Ostersonntag

Der unbarmherzige Klingelton seines Weckers riss Nils aus dem Schlaf. Warum hatte er seinen Alarm auf sechs Uhr morgens an einem Feiertag gestellt? Sein vernebeltes Gehirn suchte in den Schwaden des davontreibenden Traumes, an den sich Nils kaum erinnern konnte, nach dem Grund.

Ein dumpfer Knall, gefolgt von einem unterdrückten Fluch aus dem Nebenraum, erinnerte ihn. Er hatte seine Tür offengelassen, um alles mitzubekommen. Mit einem Schlag saß Nils senkrecht im Bett, wuschelte sich durch die Haare und rieb sich den Schlaf aus den Augen.

Thores Toilettenzeit. Er kam nicht ohne Schmerzen alleine hoch. So sehr Nils sich vornahm, nach der Hilfe für Thore wieder schlafen zu gehen, garantiert war er wach. Gähnend stand er auf, ging zur Tür des Gästezimmers und klopfte an. Durch das Holz hörte er das Keuchen von Thore.

»Ich komm rein, hör auf, dich zu wichsen.«

»Blödmann«, warf Thore ihm entgegen, als er die Tür öffnete. Nils blinzelte. Thore hatte Licht an und Nils Augen mussten sich erst an die Helligkeit gewöhnen.

»Du sollst mich doch rufen, wenn du auf Toilette musst.«

»Ich habe es die Tage sehr gut alleine hinbekommen.«

»Ja, wenn man mal davon absieht, dass du danach Schmerzen hattest und mich jedes Mal geweckt hast, stimme ich dir zu.« Nils bückte sich nach der umgefallenen Krücke und reichte sie Thore. Eine hatte er bereits in der Hand. »Deine Blase ist echt ein meisterhaftes Uhrwerk, das nie aufgezogen werden muss.«

»Wusste gar nicht, dass du in deinem halb wachen Zustand schon so zynisch sein kannst.«

Nils grinste und half Thore auf. »Immer mal wieder was Neues.«

»Leg dich wieder hin und schlaf weiter.«

»Und du lässt dich gleich einfach ins Bett fallen, oder wie?«

Thore enthielt sich jeglicher Erwiderung und humpelte zum Bad. Kurz bevor er die Tür schloss, drehte er sich zu Nils um und streckte ihm die Zunge raus. Nils grinste und ließ sich ins Bett fallen. Kuschelte sich ins Kissen und die Bettdecke. Der Geruch nach Thores herbem Deo hüllte ihn ein. Er schloss die Augen und wartete.

»Hey, das ist mein Bett. Geh gefälligst in deins.«

Das Stupsen gegen seine Schulter schrak Nils auf. Da war er doch glatt wieder eingenickt.

»Was?«, fragte er und kratzte sich am Hinterkopf.

»Mein Bett, nicht deins.«

»Rein technisch gesehen ist es schon mein Bett.«

Thore verdrehte die Augen. »Los, hilf mir wieder rein.«

Nils hockte sich am Bettrand auf seine Knie und Thore stellte sich mit dem Rücken zu ihm.

»Okay, dann lass dich mal runter.« Nils griff Thore unter die Schulter und Thore setzte sich vor Nils.

»Danke.« Thore beugte sich vor und lehnte seine Krücken gegen die Wand neben dem Nachttisch. Nils hatte sich keinen Zentimeter bewegt, sondern umschlang Thore sachte mit seinen Armen. Lehnte sich mit dem Kopf in die Mitte von Thores Schulterblättern und atmete tief ein. Hände legten sich auf seine und verschränkten ihre Finger miteinander. In Nils Bauch erwachten die Schmetterlinge, vollführten gewagte Flugmanöver und er fragte sich, wann die Haut nachgab und platzte, weil die Flatterlinge hinaus wollten. Lange reichte der Platz nicht mehr aus, wenn das so weiterging.

»Wollen wir versuchen, noch ein bisschen zu schlafen?«, flüsterte Thore, neigte seinen Kopf nach hinten, bis seiner sachte gegen Nils' stieß.

»Hm«, gab der von sich, nicht bereit, Thore loszulassen und in sein Bett zu gehen.

»Hilf mir mal mit dem Bein.« Thore bewegte sich, versuchte, sich zu drehen, und Nils ließ ihn seufzend los.

Als Thore wieder lag und zugedeckt war, wollte Nils über ihn hinwegsteigen und in sein Bett schlüpfen.

»Nix da, du bleibst hier. Ich habe nicht gesagt, dass du gehen sollst.«

»Du machst es wieder«, murmelte Nils, verharrte aber in der Bewegung. Die Beine noch auf der freien Bettseite, die Hände bereits an der Bettkante und unter ihm Thores Leibesmitte. Nils lächelte, nicht mehr lange und der Raum war erfüllt von seinen wunderschönen und bunten Schmetterlingen.

»Was mache ich schon wieder?«

»Mir Befehle erteilen.«

»Oh, tut mir leid.« Thore griff nach seinem Arm. »Ich muss dran arbeiten. Magst du bei mir bleiben?«

»Unbedingt.« Nils legte sich neben Thore, breitete die zweite Decke halb über Thore aus und krabbelte zu ihm und unter die zweite Hälfte der Decke. »Sag Bescheid, ob das so geht oder ich dir wehtue.« Er schmiegte sich an Thore und legte einen Arm über seine Taille.

»Das ist vollkommen in Ordnung.« Thore schaltete das Licht aus und legte einen Arm um Nils.

Im Halbschlaf kitzelte es Nils an der Nase. Er kräuselte sie und haute sich sachte darauf. Blöde Fliege. Als Nächstes pikte ihn etwas in die Wange. Er brummte. Dann wurde sein Haar mit Fingern durchgekämmt und langsam öffnete er die Augen, blinzelte.

Helligkeit strömte durchs Zimmer und er lag an Thore geschmiegt. Vertraute Gerüche und der warme Körper an seinem vermittelten ihm eine lang vermisste Geborgenheit.

»Wurde auch mal Zeit.« Thore spielte mit Nils' Haaren.

»Ich schlafe nun mal gern.«

»Allerdings. Ich habe dich schon bestimmt eine halbe Stunde beobachtet.«

»Du Spanner.«

Thore lachte leise. »Was hältst du von duschen, Zähne putzen und frühstücken?«

»Von allem ganz viel. Sobald ich wach bin, Hill.« Nils Lider fielen wieder zu. Er wollte nicht aus seiner warmen Höhle ausbrechen und sie zurücklassen. Außerdem lag er so schön angekuschelt an Thore, der, wie er registrierte, kein Shirt anhatte. Meine Güte musste er vorhin müde gewesen sein.

»Warum grinst du so frech?«, fragte Thore und pikste ihn in die Seite. Nils schlug die Augen auf.

»Mir ist gerade aufgefallen, dass du halb nackt neben mir liegst.« Nils küsste Thore auf die Brust.

»Auch wenn ich jetzt die Stimmung vermiese, aber wir sollten uns heute unbedingt darüber unterhalten, wie es weitergeht. Nicht nur Andeutungen oder vielleichts.«

»Ich weiß.« Nils seufzte. Wenn es nach ihm ging, würde er gerne in der warmen Blase verharren. Ohne Selbstvorwürfe oder Gespräche über ihre vergangene oder zukünftige Beziehung. Einfach hier liegen und sich dem Moment hingeben. Nicht denken, nur genießen. »Aber ist das überhaupt möglich? Können wir sagen, was wir wollen? Was du willst?«

Thore zuckte neben ihm mit den Schultern. »Ich weiß, dass ich dich liebe und ich möchte daran arbeiten, es wieder auf die Reihe zu bekommen. Wir sollten uns über das Wie unterhalten. Also, wenn du es genauso möchtest.«

Nils verteilte Küsse auf Thores Schulter und lächelte.

»Natürlich. Ich habe nie aufgehört, dich zu lieben.« Er stützte sich auf seinen Ellbogen und fuhr mit dem Finger Thores Brust nach. Verfolgte die Vertiefungen zwischen den Bauchmuskeln. Beobachtete fasziniert die entstehende Gänsehaut.

Thore grinste. »Sehr schön. Aber bevor wir das vertiefen, brauche ich etwas im Magen. Vorzugsweise das Osterlamm.« Er zog Nils zu sich und küsste ihn. »Und wehe ich bekomme keinen Lammkuchen zum Frühstück.«

»Du Gierhals.« Nils lachte und setzte sich hin. »Du hast mir gestern beim Film gucken meine Cookies weggefuttert.«

»Was stellst du die auch in meine Reichweite?« Thore umfasste Nils Arm und gemeinsam setzten sie Thore auf, der das mit leisem Stöhnen über sich ergehen ließ. »Und außerdem hast du das Lamm für mich gebacken.«

»Dem habe ich nichts entgegenzusetzen. Das stimmt leider.«

»Hey, kein leider.« Thore boxte Nils gegen die Brust. Der fasste mit beiden Händen an die Stelle, röchelte und fiel zur Seite.

»Du hast mich geschafft.«

Thore lachte und griff sich direkt stöhnend an die Brust.

»Alles gut?«, fragte Nils sofort und setzte sich auf.

»Ja, nur lachen ist noch nicht so gut.« Thore rieb sich vorsichtig über den Oberkörper. »Ich wollte sagen: Du Markierer. Los schaffen wir mich in die Dusche.«

»Und schon wieder bestimmst du.« Mit hochgezogenen Augenbrauen sah Nils Thore streng an. Oder versuchte es zumindest, denn um seine Mundwinkel zuckte es.

»Wird jetzt jedes Wort auf die Goldwaage gelegt?«, fragte Thore vorsichtig nach und kniff die Augen zusammen.

»Nein, ich mache dir nur klar, wenn du das von dir gibst und es vielleicht nicht mal merkst. Aber dieses Mal ist es in Ordnung. Vielleicht werde ich das in Zukunft auch öfter machen und einfordern.«

»Hm, der neue Nils gefällt mir noch besser als der Alte.«

»Ja? Weil er …«

»Ehrlich ist und sagt, was er will und nicht mag.«

Nils grinste und sein Herz schlug schneller. Es würde definitiv nicht mehr werden wie früher, dafür besser, weil sie ein tieferes Fundament bauten.

»Weißt du, was das Verrückte an der ganzen Sache ist?«

Thore schüttelte den Kopf.

»Wir haben uns nie angelogen. Wir haben einfach nur nichts gesagt.«

»Stimmt.« Thore kratzte sich am Kinn über die hellen Bartstoppeln. Nils musste sich zurückhalten, um nicht mit der Hand darüber zu streicheln. »Na los, wenn du möchtest, fahr schon drüber.« Thore zwinkerte Nils zu, der seinen Blick nicht vom Kinn abwenden konnte und sich ertappt fühlte.

Trotzdem ließ sich Nils das nicht zweimal sagen und strich mit den Fingerspitzen darüber. Es kratzte und er liebte es. Liebte es noch mehr, wenn Thore ihm einen blies und die Stoppeln über seine empfindliche Haut am Hoden und um den Schwanz strichen.

»Sag mir nicht, du bekommst schon davon einen Harten.« Nils blickte an sich herunter. Seine Boxershorts war ein Zelt geworden.

»Vielleicht habe ich mir auch vorgestellt, wie du mir einen bläst«, gab er zu.

Thore stöhnte und schloss die Augen. »Scheiße Mann, das macht mich jetzt an und ich bin definitiv noch nicht in der Lage dazu.«

Nils klappte der Mund auf und er riss die Augen auf. Sein Puls stieg an und im ganzen Körper prickelte es. »Wärst du schon dazu bereit, mit mir zu schlafen, wenn du gesund wärst?«

»Natürlich. Nur meine körperliche Verfassung hält mich zurück.« Thore blickte Nils prüfend an. »Du etwa nicht?«

»Ich weiß es nicht.« Nils sah auf seine Hände. »Ich habe das Gefühl, wenn wir auch den letzten Schritt gehen, ohne uns vorher sicher zu sein, wie es weitergeht, überstürzen wir es.«

»Okay. Dann warten wir, bis es sich für dich richtig anfühlt.«

»Danke dir.« Konnte es möglich sein, dass Liebe zunahm? Größer wurde und sich ausbreitete? Bis in die Haarspitzen? Denn das passierte zurzeit bei ihm, als dieses Gefühl für diesen Mann vor ihm warm durch seinen Körper floss.

Kapitel 12

»Mmh, das Lamm ist so lecker. Ich hätte gerne noch ein Stück.« Thore hielt Nils den Teller hin. Ausnahmsweise saßen sie in Nils' Esszimmer und aßen von dem guten Porzellangeschirr, das Nils ebenfalls von seiner Oma bekommen hatte. Weiß mit Goldrand, nicht spülmaschinenfest. Warum auch immer er das nehmen musste, erschloss sich Thore nicht, aber er hatte ihn nicht davon abbringen können.

»Hier du Vielfraß.« Nils gab ihm lachend das vierte Stück Osterlamm auf den Teller. Thore machte sich darüber her, als ob er nicht kurz vorher Frühstück gehabt hatte, das eher ein Mittagessen gewesen war, nachdem sie den Vormittag gemütlich vertrödelt hatten. Ganz nach seinem Geschmack.

Kauend schaute Thore sich um. Er mochte den Raum mit den zusammenpassenden Eichenmöbeln. Der Tisch bot Platz für zehn Personen und der Eichenschrank mit den oberen Glastüren, hinter denen sich Weiß-, Sekt- und Rotweingläser verbargen, wirkte sehr edel und zeitlos. Nichts war verschnörkelt, sondern schlicht und geradlinig.

Nils hatte die Terrassentür geöffnet und Wärme strömte in den Raum. Nicht mehr lange und die Sonne wanderte weiter. Sie erreichte kaum noch den Rand des Fensters.

Den letzten Bissen des Stückes vertilgend, betrachtete Thore das Osterlamm, von dem ein Viertel fehlte. Den Hintern und die Hinterbeine hatten sie aufgegessen. Sein Blick wanderte weiter zu den gekochten Eiern, die nicht angemalt waren, aber als Deko auf dem Tisch zwischen ein paar Luftgirlanden dienten. Irgendwo hatte Nils einen Holzhasen aufgetrieben, der einen Rucksack trug, aus dem Holzeier quollen.

Thore wollte lieber nicht fragen, wie alt der war und woher er stammte. Am Ende hatte er ihn aus dem Mülleimer bei den Nachbarn gefischt. Die Farbe blätterte an einigen Stellen ab und verblasste. Er freute sich einfach darüber, dass Nils sich Mühe gegeben hatte, ein wenig Osterflair aufkommen zu lassen.

»Oh nein, von den Eiern isst du keines. Die kannst du morgen essen.«

Thore grinste. Nils musste seinem Blick gefolgt sein.

»Na gut.«

»Musst du nicht irgendwann mal satt sein?«

»Du wolltest, dass ich ein paar Kilo zunehme.«

»Nein, nein, das machst du nicht.« Nils unterstrich seine Aussage mit einer verneinenden Geste seines Zeigefingers. »Ich habe nur gesagt, dass dir ein paar Kilo mehr guttun würden. Nicht, dass du sie unbedingt anfuttern sollst.«

»Papperlapapp.« Thore verdrehte die Augen. Er war sowieso satt. Das vierte Stück Kuchen passte mit Mühe und Not in seinen Bauch. »Seit wann machst du das eigentlich?«, fragte Thore.

Nils legte seine Stirn in Falten. »Was denn?«

»Na das hier. Tage, ohne festen Plan anzugehen und sich treiben zu lassen.«

»Seit wir nicht mehr zusammen sind.« Nils wiegte seinen Kopf hin und her. »Na gut, erst ein halbes Jahr später habe ich damit begonnen. Man legt Gewohnheiten nur schwer ab.«

Er trank einen Schluck Kaffee. »Aber mittlerweile besuche ich selbst meine Familie zu Weihnachten nur an Heiligabend und am ersten Feiertag zum Mittagessen. Ansonsten bleibe ich zu Hause und genieße es, morgens aufzustehen und nicht zu wissen, was der Tag für mich bereithält.«

»Faszinierend, dass wir uns dafür erst trennen mussten. Wobei ich dafür lieber die normalen Wochenenden nehmen würde.«

»Du hättest was sagen können.«

»Stimmt.« Thore mochte es, die Feiertage mit seiner Familie oder mit seinen Freunden zu verbringen. Es waren die wenigen Tage im Jahr, in denen sie ungestört Zeit miteinander teilen konnten, ohne dass jemand zur Arbeit oder sonst wohin musste. Für Nils war das Aufeinanderhocken immer eine Strafe. Er war der Meinung, dass er deswegen keine Feiertage brauchte. Wenn er seine Familie sehen wollte, dann fuhr er zu ihr und mochte das Gezwungene an den Feiertagen nicht.

»Wollen wir rausgehen oder hierbleiben?«, fragte Nils.

Thore sah sich um. »Lass uns hierbleiben. Draußen sitzen bestimmt gleich die Nachbarn beim Kaffee und hören uns zu.« Er riss theatralisch die Augen auf und Nils lachte.

Stille legte sich für einen Moment über sie, während sie ihren Gedanken nachhingen und dem Vogelkonzert im Garten lauschten.

»Dann sag mal, wo stehen wir?«, durchbrach Nils die Stille als Erster. »Also wo stehst du?« Er kratzte sich am Hinterkopf. »Ich dachte, wir sollten, bevor wir weiterdenken, vielleicht das erst mal festhalten.«

»Gute Idee.« Thore schob seinen Stuhl zurück, setzte sich seitlich und zog sich mit dem gesunden Fuß einen weiteren heran.

Nils sprang auf. »Sag doch was.« Er richtete den Stuhl aus und half Thore, sein Gipsbein darauf abzulegen.

»Soll ich anfangen?« Thore griff nach seiner Kaffeetasse und trank sie aus. Selbst da hatte Nils keine Becher wie sonst auf den Tisch gestellt, sondern den Kaffee in die passende Kanne umgegossen und die kleinen Tassen, die nach einem Schluck leer waren, genommen. Es klirrte, als Thore die Tasse zurück auf die Untertasse stellte.

»Wenn du möchtest, gerne.« Nils setzte sich ihm schräg gegenüber.

Wo sollte er anfangen und wo stand er? Konnte er das so genau benennen? Thore verschränkte die Arme hinter dem Kopf und lehnte sich gegen die Rückenlehne.

»Fangen wir damit an, dass ich nachvollziehen kann, warum du damals so gehandelt hast. Die Situationen, die du beobachtet hast und der blöde Notizzettel waren wahrscheinlich auch zweideutig zu verstehen. Das kombiniert mit deinem Hang zur Eifersucht, ergibt das Sinn für mich.« Er löste die Arme hinter seinem Kopf und legte die Hände in seinen Schoß. »Was ich bis heute nicht verstehe, warum du überhaupt kein Gespräch zugelassen hast. Ich bin dir wochenlang hinterhergelaufen.«

Nils setzte an, etwas zu sagen, hielt allerdings inne, als Thore seine Hand hob.

»Lass mich bitte weiterreden. Wir drehen uns im Kreis, wenn wir auf dem Punkt herumreiten. Darüber haben wir gesprochen, du hast deinen Standpunkt klargemacht, ich verstehe ihn nicht, wir müssen damit klarkommen. Es bringt uns nicht weiter, wenn wir jedes Mal versuchen, alles in der Vergangenheit Geschehene zu begreifen.« Thore spielte mit der Tasse auf der Untertasse. Drehte sie hin und her. »Aber ich bin wahrscheinlich nicht ganz unschuldig an dem, was passiert ist. Vielleicht wäre es nie so weit gekommen, wenn wir früher genauso offen gewesen wären, wie in den letzten Tagen. Vielleicht auch, wenn ich weniger auf Partys geflirtet hätte. Keine Ahnung. Wir werden es nie herausfinden.«

Nils blickte zu Boden. Seine Schultern waren nach vorne gesackt. »Ich kann mich nur wieder entschuldigen.«

»Das möchte ich nicht mehr. Das hast du getan und ich glaube dir.« Thore holte tief Luft, denn ihm war etwas klargeworden, was er unbewusst längst wusste. Wahrscheinlich hätte er ansonsten Nils nie angerufen und ihre momentane Situation provoziert. »Ich denke, ich habe dir schon vor einem Jahr verziehen, ohne zu wissen, warum du so plötzlich die Reißleine gezogen hast.«

Nils blicke auf, Hoffnung schimmerte in seinen Augen. »Was war vor einem Jahr? Magst du drüber reden?«

Thore lächelte. »Da war mein Intermezzo zu Ende. Danach versuchte ich es noch zweimal, aber beide Male waren eine Bestätigung für mich, dass es da nur den einen gibt, den ich wirklich will.« Thore fand Nils Blick, verhakte sich mit ihm. »Mit dem das Lachen schöner war und zu dem ich unglaublich gerne nach Hause gekommen bin. Außerdem war der Sex keine kurze Befriedigung wie nach einem morgendlichen Wichsen unter der Dusche, sondern so viel mehr.«

»Thore.« Nils klang gleichermaßen empört als auch geschmeichelt. »Du kannst doch Sex mit anderen nicht mit einem Wichsen unter der Dusche vergleichen.«

»Hörst du doch. Es war Triebbefriedigung, es waren keine Gefühle dabei oder so. Ich mochte sie, ja, aber mehr war da nicht. Und wenn du Süd hast, ist es nichts anderes.«

»Süd?«, fragte Nils mit hochgezogenen Augenbrauen.

»Samenüberdrück«, übersetzte Thore grinsend.

»Was?« Nils prustete los. »Wo hast du denn das her?«

»Das habe ich aufgeschnappt. Der junge Kerl, ich zitiere: wedelt sich einen von der Palme, wenn er Süd hat und keinen anderen findet, der das für ihn macht.«

»Oh mein Gott. Was für ein Ausspruch. Ich kenne ihn zwar, wusste aber nicht, dass es Männer gibt, die den nutzen.« Nils krümmte sich vor Lachen und Thore fiel mit ein.

»Hör auf, bitte, das tut weh.«

»Ich versuche es.« Das tat Nils wirklich, doch um seine Mundwinkel zuckte es verdächtig. »Mach lieber weiter.«

Thore überlegte, was er als Nächstes sagen wollte, als er Nils leise den Ausspruch vor sich hin murmeln hörte.

»Fang nicht wieder an zu lachen. Das halte ich nicht aus.«

»Ich bin ganz brav.«

»Bist du so weit? Hörst du mir wieder zu?« Thore klimperte mit der Tasse auf der Untertasse und wartete, bis Nils ihm seine Aufmerksamkeit schenkte und sich aufrecht hinsetzte.

»Ja.« Nils kniff die Lippen zusammen, die verdächtig zitterten und in seinen Augen blitzte der Schalk auf. Am liebsten würde Thore nicht weitersprechen, denn ihm gefiel der Anblick viel zu sehr. Das, was er vorhatte zu sagen, würde den Schalk aus Nils' Miene vertreiben und ihn wieder ernst werden lassen. Wie so vieles war es ihm erst bewusst geworden, nachdem er mit Nils Zeit verbracht hatte und sie zu reden begonnen hatten. Er sammelte Mut, denn es war nicht einfach für ihn, das auszusprechen.

»Was definitiv gelitten hat, ist mein Urvertrauen in dich.«

Wie vermutet, verschwand Nils' fröhliches Gesicht. Thore

blickte auf seinen Schoß, fixierte den Reißverschluss seines Hosenbeines, der bis zum Gipsanfang am Oberschenkel aufgezogen war. »Ich kann nichts dagegen machen. Bis zu einem gewissen Grad vertraue ich dir. Ich weiß, dass ich mich auf dich verlassen kann, aber trotzdem schwingt da jetzt ein wenig Angst mit, die mir zuflüstert: Was wäre wenn?«

»Damit muss ich wohl leben.« Nils Stimme zitterte. »Verdientermaßen und mir dein Vertrauen wiedererarbeiten.«

»Ja, ich brauche in der Hinsicht Zeit.«

Nils nickte. »Die bekommst du und ich werde alles machen, damit du die Sicherheit zurückbekommst, die du benötigst.«

»Ich schätze, wir haben schon angefangen, oder? Mit der Aufarbeitung von all dem, was passiert ist.« Thore wünschte sich auf einmal gehalten zu werden. Nils ganz nah an sich zu spüren als Bestätigung, dass er wirklich da war. »Können wir ... wollen wir ins Wohnzimmer?«

»Klar.« Nils sprang sofort auf und half Thore. Sie gingen durch die Schiebetür und Nils bugsierte ihn aufs Sofa.

»Kannst du mich in ...« Auch das war etwas, das Thore früher nie gemacht hatte. Nils ebenfalls nicht. Zu bitten, wenn man in den Arm genommen werden wollte, und es fiel Thore schwer. Sie hatten natürlich bei einem Film gekuschelt oder besser, Thore hatte ferngesehen und Nils gelesen. Aber keiner hatte von sich aus gebeten, gehalten zu werden, wenn man es mal brauchte. Was zumindest bei Thore zugegebenermaßen nicht oft vorkam.

»Was möchtest du Thore? Sag es mir.« Nils kniete neben ihm, nahm seine Hand.

»Kannst du mich halten?«, fragte Thore und atmete durch, hob den Kopf und fand Nils' Blick, der weich wurde.

»Immer. So oft, wie du es brauchst.« Nils strich ihm mit einem Finger über die Wange. »Rutsch ein Stück nach vorne und ich setz mich hinter dich.«

Thore kam dem Wunsch nach und Nils stieg hinter ihn, platzierte seine Beine rechts und links von ihm und umarmte ihn vorsichtig, damit er ihm nicht wehtat. Thore schmiegte sich an Nils, fühlte sich seit langer Zeit wieder geborgen.

»Was ist mit dir?«, fragte Thore und legte seine Hände auf Nils'. »Wo stehst du?«

»Ich vertraue dir. Ich werde und muss definitiv an meiner Eifersucht arbeiten, habe die letzten Tage im Internet viel dazu gelesen und muss das alles in Ruhe mal sortieren.«

Thore wandte Nils erstaunt seinen Kopf zu. Damit hatte er nicht gerechnet und es zeigte ihm, wie ernst es Nils war.

»Das finde ich gut. Wenn du Hilfe brauchst oder wir was gemeinsam durchgehen sollen, gib Bescheid.« Er küsste Nils auf die Wange.

»Danke dir.« Nils lächelte verlegen, wurde dann erneut ernst. »Ich möchte auf keinen Fall, dass du deswegen dein Verhalten änderst. Du liebst es, zu flirten und eigentlich weiß ich, dass du nie weitergehst, und es macht mir Spaß, dich dabei zu beobachten. Ein Teufelskreis.« Nils küsste Thore auf den Hinterkopf. »Außerdem werde ich lernen, mir selbst zu verzeihen. Da bist du mir einen Schritt voraus. Ansonsten ...« Nils hielt inne, spielte mit Thores Fingern. »Lass ich alles auf mich zukommen und ich schätze, wie wir miteinander kommunizieren können, lernen wir gerade.«

Thore nickte, hielt einen Moment inne, denn ihm war ein anderer Gedanke gekommen, den er aussprechen musste, damit das ebenfalls zwischen ihnen geklärt war.

»Wir sollten nicht sofort wieder zusammenziehen. Das wäre überstürzt, finde ich. Lass uns erst neu kennenlernen und uns etwas Neues aufbauen.«

»Was ist mit den Kindern, die du dir wünscht? Sind wir nicht irgendwann zu alt?«

Thore schmunzelte. Nils wäre bereit, mit ihm Kinder aufzuziehen und Wärme breitete sich in seinem Bauch aus.

»Es ist ein Traum. Wir die Wirklichkeit. Erst mal die Wirklichkeit auf die Reihe bekommen und dann sehen wir weiter. Willst du ein Kind hier einziehen lassen, wenn wir noch dabei sind, unser Leben auf die Reihe zu bekommen? Wäre das nicht unfair?«

»Ist das dieses Erwachsen werden, von dem die Leute immer reden?«

»Ekelhaft, oder?«

»Bäh, Verantwortungsbewusstsein und Pflichtgefühl.«

»Widerlich. Wer hat sich den Scheiß nur ausgedacht?«

Sie prusteten beide zugleich los. Sofort kassierte Thore die Quittung und es stach in seiner Brust.

»Wir sollten die nächsten Tage nicht mehr lachen«, sagte Thore mit belegter Stimme.

»Entschuldige.« Nils ließ von Thore ab.

»Nein, nicht loslassen, es geht schon wieder.« Thore zog Nils' Arme um sich und hielt sie an Ort und Stelle. »Sprich weiter.«

»Das ist ein guter Plan, den du vorgeschlagen hast. Ich bin ganz bei dir.« Nils küsste Thore auf den Hals und hinterließ ein lange vermisstes Prickeln an der Stelle.

»Was meinst du genau? Erwachsen werden oder sofort damit aufzuhören?«

»Uns Zeit geben und das hier fortführen.« Nils zeigte mit Thores und seinem Arm auf die Zettel an der Wand.

»Anscheinend haben wir die drei Jahre gebraucht, um an diesen Punkt zu kommen und können endlich damit anfangen, unser Leben aufzubauen.«

»Ich glaube, unsere Gehirne sind irgendwie miteinander verbunden.« Aus Nils Stimme klang Erstaunen.

»Wieso?«

»Etwas Ähnliches habe ich heute Morgen auch gedacht.«

»Echt?«

»Wenn ich es doch sage.«

»Beängstigend. Schon das zweite Mal.«

»Vielleicht bringt miteinander reden auch den Nebeneffekt miteinander denken.«

Thore riss die Augen auf. »Bald brauchen wir nicht mehr laut reden. Wir denken nur noch und der andere weiß Bescheid.«

Nils kicherte hinter ihm. »Hoffentlich nicht. Dann weißt du immer, was ich dir schenken will.«

»Oh, du hast recht. Das wäre eher schlecht.« Thore rieb seinen Kopf an Nils Hals. »Außerdem könnte ich dich nicht mehr beim Sex überraschen.«

»Noch schlechter«, gab Nils brummend von sich.

»Dann sind wir uns ja einig.«

»Möchtest du vielleicht, also, im Moment ist ja schlecht für dich so alleine und es ist nur für eine absehbare Zeit …« Nils holte tief Luft. Thore blieb still, wartete ab, bis Nils so weit war. Konnte trotzdem eine gewisse Aufregung nicht unterdrücken, denn er ahnte, was kam. »Willst du hierbleiben, bis du wieder alleine wohnen kannst? Ich muss zwar ab Dienstag wieder arbeiten, aber morgens und abends bin ich da.«

Thore lächelte und sein Herz klopfte schneller, sein ganzer Körper kribbelte bei dem Gedanken, dass er Nils wieder für sich hatte und er ihn Zukunft erneut jeden Tag sehen konnte.

»Sehr gerne. Wenn du nichts dagegen hast, bleibe ich allerdings lieber im Gästezimmer und du im Schlafzimmer.«

»Natürlich nicht. Wie du willst.«

»Also nicht, dass ich nicht gerne neben dir liege. Aber du Klammeräffchen rückst in der Nacht immer näher und drückst dich an mich und ich bin mir nicht sicher, ob ich das im Moment körperlich überstehen würde ohne Schmerzen.«

»Alles gut, Hill.« Plötzlich versteifte Nils sich hinter Thore. »Kann ich dich noch so nennen?«

»Unbedingt.« Thore hob den Kopf, drehte ihn so, dass er Nils von der Seite ansehen konnte und küsste ihn auf die Wange. Nils entspannte sich und lächelte. »Meine bisher beste Idee, dass du mich aus dem Krankenhaus abholst.«

»Dem kann ich nicht widersprechen.«

Kapitel 13

»Wann und wie erzählen wir es den anderen?«, fragte Nils, griff in die Schale mit Chips, die zwischen ihnen auf dem Sofa stand und steckte sie sich in den Mund.

»Was hältst du von deinem Geburtstag? Dann haben wir anderthalb Monate für uns ...«, Thore drehte seinen Kopf an der Rückenlehne des Sofas Nils zu, »... und es schließt sich ein Kreis, oder was meinst du?«

»Aber wird es nicht merkwürdig, wenn ich deine Freunde auf einmal einlade nach den letzten Jahren?«

»Deine Freunde, meine Freunde, sie waren zwischendurch mal unsere Freunde.«

»Schon klar, trotzdem wäre das komisch, nachdem wir nichts mehr miteinander zu schaffen hatten. Außerdem, was ist mit deinen Eltern? Deiner Schwester?«

»Das wäre einfach. Sie kommen an dem Wochenende und ich fahre mit ihnen hierher.« Thore griff in die Schale und blickte wieder zum Fernseher, auf dem Sean Connery als russischer U-Boot Kapitän Ramius den Politoffizier in seiner Kabine begrüßte. »Wir müssen so hinterhältig wie Kapitän Ramius sein und weglaufen.«

Nils lachte. »Wandern wir jetzt in die USA aus und schicken von unterwegs Briefe los, in denen wir alle über uns informieren? Außerdem ist er übergelaufen und nicht weggelaufen.«

»Eine gute Idee. Dann müssen wir uns niemandem stellen.«
Thore zuckte mit den Schultern. »Ich meine, es ist doch unser
Leben. Wir sollten uns bei keinem rechtfertigen müssen oder
unbedingt groß ankündigen, dass wir wieder zusammen sind.«

»Ach Thore. Du musst mich nicht vor den anderen beschützen.« Trotzdem konnte Nils nicht leugnen, glücklich über
Thores Gedankengang zu sein.

»Birk werden wir nicht einladen«, sagte Thore entschlossen.

»Er kann kommen. Ist immerhin einer deiner engsten Freunde. Er hat dir nur geholfen und ich habe es falsch interpretiert.«
Nils wollte nicht zugeben, dass er ziemliches Muffensausen
davor hatte, Thores Familie und Freunden gegenüber zu treten.
Thore mochte zwar seiner Mutter gesagt haben, dass es nur ihn
und Nils etwas anging, was genau zu ihrer Trennung geführt
hatte, aber er war der Meinung, dass sie es ebenfalls erfahren
sollte. »Was hältst du davon, wenn wir es allen im Vorfeld sagen
und wir sehen, wer zu meiner Feier kommt. Und zwar erst dann,
wenn wir so weit sind.«

Nils war innerlich zwiegespalten. Einerseits könnte er vor
lauter Glück loslaufen und es allen sagen, andererseits war
da die Hemmung wegen seines Verrats. Und die Angst, dass
Thore es sich noch einmal überlegte. Aber da musste er ihm
einen Vertrauensbonus geben. Thore machte nicht nur leere
Versprechungen, er stand zu seinem Wort, wie Nils aus Erfahrung
wusste.

»Du hast recht. Wir sollten das nicht auf deiner Geburtstagsfeier machen. Da sollten wir Party machen. Also im Vorfeld.«

»Ja. Und schön nacheinander allen die Wahrheit sagen.«

Thore sah Nils überrascht an. »Ehrlich? Willst du das?«

»Haben sie es nicht verdient?«

»Nein.« Thore schüttelte den Kopf. »Ich bin der Einzige, den es was angeht. Du bist niemandem Rechenschaft schuldig.«

»Aber sie werden alle fragen.«

»Dann sagen wir kein Kommentar.«

Nils sah zum Fernseher. Jack Ryan hatte soeben ein Trockendock der U.S.-Navy betreten. Doch in Gedanken war er bei ihren Freunden und der Familie. Thore hatte recht. Es ging nur sie beide etwas an.

»Was ist, wenn sie dir ausreden wollen, wieder mit mir zusammen zu sein?«, fragte er und schluckte.

Thore wandte sich Nils zu. »Weißt du, ich sehe das so: Es geht alle einen feuchten Scheißdreck an, was passiert ist. Wir haben das für uns geklärt und lieben uns. Das ist das Einzige, worauf es ankommt.« Thore griff über die Schale Chips nach Nils' Hand, zog sie zu seinem Mund und küsste sie. »Außerdem müssen wir es ihnen nicht heute und nicht morgen sagen. Wir lassen uns Zeit und wenn wir es erst nach deinem Geburtstag machen, ist mir das auch recht. Wir sind noch dabei, die neue Basis zu schaffen. Das sollten wir in Ruhe machen.«

Nils lächelte. »Eine Basis wie dieses Super-U-Boot im Film?«

»Bloß nicht.« Thore riss die Augen auf. »Weißt du denn nicht, dass es am Ende zerstört wird?«

»Nicht im Film. Erst in einem der folgenden Bücher. Das hast du von mir, weil ich, im Gegensatz zu dir die Bücher kenne.«

Thore hob abwehrend die Hände. »Okay, schon gut. Ich gebe auf. Was Jack Ryan anbelangt, kann ich dir nicht das Wasser reichen. Ich muss mir die Hörbücher besorgen.«

»Unbedingt. Dann fachsimpeln wir darüber, wie mies die anderen Filme sind und das dies die einzig gute Verfilmung eines Jack Ryans Roman ist und die Besetzung perfekt passt.«

Thore grinste. »Ich fange morgen mit dem Hören an.« Er stellte die Schale auf seine andere Seite des Sofas. »Außerdem finde ich, sitzt du viel zu weit weg von mir.«

Nils lachte leise. »Dann werde ich mal zu dir kommen.« Er legte sich auf die Seite mit dem Kopf in Thores Schoß. Sofort griff Thore in seine Haare, kraulte ihn am Hinterkopf.

»Ich hoffe, deine Freunde und Familie machen nicht dasselbe mit mir wie Kapitän Ramius mit dem Politoffizier und ich werde hier in einem Sack hinausgetragen.«

»Ich sorge dafür, dass nie Tee in deiner Nähe ist«, versprach Thore und Nils konnte das Lächeln hören.

»Nicht witzig.«

»Werden sie schon nicht. Wie gesagt, unsere Sache und das haben sie zu akzeptieren. Sowohl auf deiner als auch auf meiner Seite. Punkt.«

Nils hoffte sehr, dass es so einfach war, wie es bei Thore klang.

»Werden wir am Ende auch bei einem romantischen Sonnenuntergang friedlich in die Bucht einfahren?«, fragte Nils und drehte sich so, dass er Thore in die Augen sehen konnte.

»Daran glaube ich ganz fest. Vor allem nach dem Ganzen hier.« Thore machte eine ausufernde Bewegung mit seinem Arm und deutete auf die vielen Zettel, die an der Wand hingen. »Liebe mag vielleicht nicht alles heilen, aber sie kann einiges überwinden und wir sind gerade dabei, oder?«

Nils setzte sich auf und schwang ein Bein über Thore. Seine Arme platzierte er links und rechts seines Kopfes.

»Und es wird der Tag kommen, an dem wir nicht mehr über die blöde Vergangenheit reden, sondern nur über die schönen Erinnerungen.« Er beugte sich vor und küsste Thore wie ein Ertrinkender, der die Luft zum Atmen brauchte. Erstaunen lag in dem Kuss ebenso wie die Angst, dass es morgen vorbei sein könnte.

Und trotzdessen war zum ersten Mal die Sicherheit da, dass sie wirklich ihre zweite Chance hatten. Ganz egal, was die anderen dachten, denn Thore hatte recht. Es kam nur auf sie beide an und er würde sich mit der Zeit verzeihen können.

Sie lösten sich atemlos.

»Da, hast du gehört?« Thore zeigte auf den Fernseher. »Dein Kapitän Ramius hat es gesagt. Wir gehen in die Geschichte ein.« Thore lächelte gegen Nils Lippen.

»Blödmann.«

»Was? Wenn der große Kapitän das sagt, stimmt das.«

Sie prusteten beide los, während im Fernseher die russische U-Boot-Besatzung die sowjetische Hymne sang.

»Dann werden wir wohl in die Geschichte eingehen. Wenn der große Kapitän Ramius das sagt.« Nils küsste Thore erneut und kuschelte sich an ihn.

56 Punkte zum Glück

Was tun, wenn man als Jungbauer ungeoutet in einem 1.000-Seelendorf lebt?

Richtig, Casper meldet sich bei einem Dating-Portal an. Er lernt jemanden kennen, schreibt mit ihm, trifft sich das erste Mal und verliebt sich. Nun stellt er allerdings fest, dass er wieder am Anfang steht. Coming-out, und wenn, wie? Wie werden seine Familie und Freunde reagieren, wie die Dorfbewohner? Wird er der Aussätzige des Dorfes sein?

Aber nicht nur diesen Fragen stellt Casper sich. Im Laufe der Beziehung kommen andere dazu. Wie funktioniert eine Beziehung? Gibt es ein richtig oder falsch, schwarz oder weiß?
Und: Wie viel Punkte braucht man zum Glück?

Kochlöffel, Trecker und Beziehungskiste Sammelband

Casper und Bjarne sind seit viereinhalb Jahren zusammen und der Alltag hat sich bei ihnen eingeschlichen.
Sie haben kaum Zeit füreinander, streiten und versöhnen sich wieder.

Caspers neue Verantwortung für den Hof, ein Hausumbau und der neue Futterberater fordern Casper und Bjarne zusätzlich heraus.

In diesem Sammelband sind alle 7 Kurzgeschichten der Reihe "Kochlöffel, Trecker und Beziehungskisteënthalten. Der Band "56 Punkte zum Glückïst nicht enthalten. Um alle Kurzgeschichtenbände zu verstehen, sollte erst das Buch "56 Punkte zum Glückünd die Bände in der richtigen Reihenfolge gelesen werden.

Und dann passierte das Leben

Für Tobias ist seit einem halben Jahr alles nur noch grau und kalt.

Nur seinen besten Freund Leon lässt er noch in seine Nähe. Der tut was er kann, damit Tobi sich nicht zu Hause vergräbt – oft vergeblich. Doch Florian, neu in der Klasse, denkt nicht daran, Tobias Schmerz zu ignorieren.

Wie wird Tobias darauf reagieren?

Content Notes sind auf der Homepage unter www.nellabeinen.com/buecher/und-dann-passierte-das-leben/ zu finden.

Reise in die Vergangenheit: Neues von Tobias und Florian

Ihr seid neugierig, wie es mit Tobias und Florian weitergeht?

Dann begleitet die beiden in dieser Kurzgeschichte auf eine Reise in Florians Vergangenheit vor dem Umzug.

Die Abiturprüfungen haben sie hinter sich und gönnen sich eine Auszeit in Essen. Tobias taucht ein in Florians ehemalige Welt und lernt ihn noch einmal von einer anderen Seite kennen.

Obwohl ihn auch in Essen die Erinnerungen und die Trauer um Niklas nicht loslassen, lernt Tobias viel über sich selbst und kommt seinen Vorstellungen für die Zukunft näher.

Diese Kurzgeschichte kann unabhängig von »Und dann passierte das Leben« gelesen werden. Wer allerdings die komplette Geschichte von Tobias und Florian kennenlernen möchte, sollte das Buch lesen.

Das Leben ist so einfach

Jonas ist gerne für sich. Er genießt die Ruhe und vermeidet es, neue Menschen kennenzulernen.

Da tritt unverhofft Erik in Jonas Leben und wirbelt es mit seiner Unbekümmertheit und seinem Frohsinn gehörig durcheinander.
Nach anfänglicher Unsicherheit fasst Jonas Vertrauen und lässt sich bald ganz auf die aufkeimende Beziehung ein.

Doch schnell stößt Jonas an seine Grenzen. Er muss sich seinen Ängsten stellen, die er jahrelang von sich geschoben hat.

Warnung:
In diesem Buch geht es um Angststörung, Panikattacken, körperliche Gewalt und Mobbing.

Wie ein Kuss alles veränderte

Michael beginnt sein letztes Schuljahr, geht gerne auf Partys und spielt in seiner Freizeit Fußball. Er bändelt mit dem beliebtesten Mädchen der Schule an und wird deswegen von vielen beneidet.

Doch im Sportunterricht trifft er zum ersten Mal auf den Außenseiter Bennie aus der Parallelklasse, der ihm bis dahin nie aufgefallen ist. Auf einmal ist Bennie überall.

Michael und Bennie freunden sich an und um Michaels innere Ruhe ist es geschehen. Er steckt mitten im Gefühlschaos. Dabei ist doch klar, dass er in Ayleen verliebt ist, oder?

Muschelherzen

Von heute auf morgen ist Leo gezwungen, sein Leben neu zu ordnen, nachdem er eine für ihn erschütternde Diagnose erhalten hat. Es fällt ihm schwer, sich helfen zu lassen und seine Krankheit anzunehmen.

Nach der ersten Behandlung und der Reha lernt er auf seiner Herzensinsel Jo kennen und verliebt sich Hals über Kopf. Zudem erwacht ein alter Traum zum Leben.

Aber kann er diesen mit seiner Diagnose wahr werden lassen?

Todesengel am Niederrhein

Ein vier Jahre alter Todesfall, für den angeblich eine Serientäterin verantwortlich ist, muss schnellstens aufgeklärt werden und zu Hause wartet keine einfache Schwiegermutter. Das Leben ist für Kommissar Olli Ratke zurzeit sehr nervenaufreibend.

Durch und durch Kommissar mit Herz und Leidenschaft, bringt Olli Ratke der Fall um den bereits vor vier Jahren verstorbenen Landwirt Hans Rudels an den Rand seiner Geduld. Ist der Tote ebenfalls ein Opfer der mutmaßlichen Serientäterin Tamara Lierger? Oder warum sonst hätte sie am Tatort Beweismittel vernichten sollen?

Nicht nur der Fall zerrt an Ollis Nerven. Auch die Mutter seines Ehemannes Lars, die erst kürzlich in ihr Haus eingezogen ist, bringt ihn regelmäßig an seine Grenzen und Spannungen in seine Ehe.

Olli muss sich was einfallen lassen, um den Fall zu lösen und den Frieden zu Hause zu wahren.

Der *Todesengel vom Niederrhein* ist der Auftakt einer Serie um den sympathischen Kommissar Olli Ratke aus Früttendorf.